FLORENCE, 1843

Séverine Mikan

Florence, 1843

Les Fragments d'Éternité

En application de l'art. L.137-2.-I. du code de la propriété intellectuelle, toute reproduction et/ou divulgation de parties de l'oeuvre dépassant le volume prévu par la loi est expressément interdite.
© Séverine Mikan 2025
© Yooichi Kadono, pour la présente couverture et les Chara Design.
© Yaya Chang pour les illustrations intérieures
Édition : BoD · Books on Demand, 31 avenue Saint-Rémy, 57600 Forbach, bod@bod.fr
Impression : Libri Plureos GmbH, Friedensallee 273, 22763 Hamburg (Allemagne)
Dépôt légal : Juin 2025
ISBN : 978-2-8106-2907-7

AVERTISSEMENT LIMINAIRE

Vous qui entrez en ces lieux, vous serez sans doute surpris par la soudaineté des sentiments qui surgissent aussi vite que les regards se croisent. Rappelez-vous que Roméo aima et épousa Juliette en seulement trois jours, et que Rodrigue brisa ses fiançailles et tua le père de la douce Chimène en à peine vingt-quatre heures ! Il en va ainsi dans la tragédie classique où le destin se saisit des cœurs comme la foudre frappe l'arbre solitaire.

Mais, soyez sans crainte, car il se pourrait bien que cette tragédie ne soit en fait qu'un drame.

Un drame romantique, bien sûr !

PERSONNAGES :

Par ordre d'apparition :
Lorenz BINCKES
Nikolaus TROMMER
Maestro SALVATELLI
Sandro AYLIN-VALENTINI
Paolo GRADI
Lucia AYLIN-VALENTINI
Une mystérieuse maquerelle
Lord OSBORNE
Un jeune marmiton
Lucrezia VALENTINI
Un mercenaire
Hilde BINCKES
Galatéa BINCKES

    La foule, bourgeois, passants, étudiants, catins, musiciens, domestiques, soldats, etc.
    (Les quatre premiers actes à Florence en 1843, le cinquième à Vienne en 1844.)

Dans la tragédie classique :
Le premier acte correspond à l'exposition de la situation des personnages.

SCÈNE PREMIÈRE

(Le rideau s'ouvre sur l'intérieur d'une villa florentine, ancienne et campagnarde. Le mobilier est défraîchi et un joyeux désordre y règne. Dans la chaude lumière de ce matin d'été, les lieux ont quelque chose d'accueillant. Un soleil franc entre par les fenêtres. Lorenz, notre héros, s'apprête à quitter les lieux.)

— Nikolaus, j'y vais ! Tu n'oublieras pas le loyer !
Pas de réponse. Lorenz jeta un coup d'œil par l'entrebâillement de la porte de la chambre de son ami. La pièce ressemblait aux coulisses d'un bal masqué abandonnées aux outrages d'une armée de fêtards. Robes chamarrées, escarpins et perruques aux couleurs outrancières, chemises brodées, pantalons bouffants gisaient pêle-mêle sur le parquet. Débris de festin, verres à vin et bouteilles vides s'entassaient sur la commode, le guéridon, le bureau et... *ah oui, tiens...* également sur un déjà très fané fauteuil crapaud. Au centre de la chambre, un grand lit en bois foncé prenait une place énorme. Sculpté, en partie doré, il trônait dans la pièce tel le divan d'un sultan tandis qu'un taquin rayon de soleil éclairait avec impudeur l'amas de draps et de corps qui l'occupait. La matinée était bien entamée, mais les hôtes du massif paddock ronflaient encore allégrement. *Les* ? Oui, au nombre de pieds, on comptait bien quatre dormeurs.
Lorenz força un peu la voix :
— Hé, puis-je espérer te trouver en vie là-dessous ?
Le fatras de draps remua. Une tête féminine apparue, échevelée et au maquillage assez peu flatteur dans la clarté crue du matin.
Ce n'était pas Nikolaus.
Lorenz étouffa un rire et adopta un ton galant :
— Bonjour, mademoiselle. Pardonnez cette immixtion dans votre sommeil réparateur, cela ne sera pas long. Puis-je vous demander de faciliter le réveil de mon ami par une pichenette appuyée ?
La jeune femme eut un sourire mollasson et envoya une rouste imprécise en direction du tas d'oreillers avant de replonger sous le drap. Son geste fut aussitôt suivi d'effet. Un bras poilu jaillit de sous le monticule d'oreillers et son propriétaire signifia son attention en un geste discourtois.
Pas toujours très aimable au réveil, l'ami Niko', s'amusa Lorenz tout en ne se laissant pas décontenancer. Depuis un an qu'il bourlinguait avec ce bambochard, il en avait vu d'autres.
— Nikolaus, mon ami, mon quasi-frère, si tu m'entends, je t'ai laissé ma part du loyer « où tu sais ». C'est pour la proprio

qui passera peut-être à midi ou demain. Ne va pas les claquer aux jeux ou pour le genre de service qu'offre la sémillante damoiselle que je viens d'entrapercevoir.

— Hé ! l' m'traite de catin, ton copain ! protesta la dame en question.

Un grognement particulièrement rauque s'échappa de sous l'oreiller :

— Raaah, mais lâche-moi le poireau et vas-y à ton cours, Lorenz !

Ce dernier poussa un long soupir. Non sans humour, il répliqua :

— Dieu soit loué, il ressuscite ! Bon, as-tu compris pour le loyer ou dois-je reprendre l'explication depuis le début ?

Cette fois, la tignasse couleur de foin de Nikolaus Trommer surgit de dessous le drap. Il fit même l'effort de se redresser pour dévisager un Lorenz hilare.

— Oh, mais c'n'est pas vrai qu'il va me tanner le cuir jusqu'à ce que je me lève ? Tu vas me laisser ronquer pénard, oui ou merde !

— Tu sais que l'on n'a pas fait tout ce voyage depuis Vienne uniquement pour tâter de la ribaude et te noyer dans l'alcool.

Nikolaus grogna tout en se passant une main lasse sur le visage.

— Mais tu sais bien que si, bougre d'âne. Allez, c'est bon, j'ai compris : le loyer, ton cours et *tutti quanti*. Si tu pouvais maintenant promptement aller te faire foutre.

Les deux hommes échangèrent un regard de défi, puis un sourire complice. Leur amitié était faite de saillies verbales continuelles, pas d'offense, jamais, ni de jugement ; c'était ce qui faisait la force de leur relation. Lorenz émit une petite toux amusée.

— Très bien, très bien, je te laisse dessaouler.

— Merveilleux... lâcha Nikolaus en s'écroulant dans les bras des trois gourgandines qui râlèrent pour la forme, puis le couvrirent aussitôt de caresses. L'ami Nikolaus savait s'y prendre avec les dames et notamment celles que l'on pouvait rémunérer.

Lorenz sortit de la chambre en ne manquant pas d'en claquer la lourde porte avec une certaine délectation. Le bruit fut accueilli par une bordée d'injures aux consonances germaniques. Il éclata de rire en entendant râler son ami. Contrairement à ce que cet échange assez vif pouvait laisser entendre, Nikolaus Trommer était un brave garçon. Peut-être pas si tôt le matin et peut-être pas après une nuit d'orgie, mais enfin, c'était un compagnon loyal et honnête, ce qui ne courait pas les routes. Le duo qu'ils formaient était apprécié du voisinage pour sa bonne humeur et ses largesses. Il était vrai qu'à eux deux, l'un comme l'autre fils de manufacturiers cossus, ils ne manquaient pas de ressources, et la villa à demi en ruines qu'ils occupaient en partie n'était pas fort onéreuse à louer. Ils avaient pour eux tout le deuxième étage de l'aile ouest, les deux domestiques qui les accompagnaient avaient trouvé à s'installer dans les communs au rez-de-chaussée. L'argent envoyé par leurs géniteurs respectifs suffisait amplement à satisfaire leurs besoins et les quelques lubies qu'ils pouvaient avoir.

Pour Lorenz, c'était l'art. Pour Nikolaus, ma foi, c'était les femmes. Et celles de la péninsule transalpine n'étaient, semblait-il, pas particulièrement farouches[1].

Lorenz traversa la cour de la villa, passa le porche et sa tonnelle envahie d'un jasmin aux petites fleurs odorantes et sortit dans la rue. Là, il marqua une pause. Les yeux tournés vers un ciel d'une incomparable clarté, il prit une profonde inspiration.

Quelle vie paradisiaque !

Sous ses yeux s'étendait l'une des plus belles vues du monde. Le soleil, éclatant, semblait faire pleuvoir le ciel de chaleur. Pas un nuage, l'azur à perte de vue, aussi bleu que le voile de la Vierge. Lorenz s'étira en un salut à l'astre solaire. Quelle chance il avait ! Pouvoir vivre ici, ne fût-ce que quelques mois, boire à la source de la Renaissance, se remplir l'esprit de beauté.

Oh oui, quelle aubaine !

---

[1] Cette assertion, misogyne s'il en est, est un cliché que véhiculent les premiers touristes parcourant l'Italie, et cela dès le XVIIIe siècle. Ils décrivent les femmes comme belles et faciles dans leurs carnets de voyages ou leurs correspondances.

Endormi sur le lit d'un passé prestigieux, il vivait à *Firenze la bella*², la belle Florence. Si belle qu'on disait de celle-ci qu'elle pouvait vous rendre fou³ !

Voilà où il fallait être ! Voilà où il fallait créer ! Incroyable cité en tout point semblable au décor d'une pièce tragique avec ses toits bruns et l'auguste coupole du Duomo⁴ qui dominait l'horizon. Cette douce ville, lovée dans le berceau d'une campagne aimable faite de vertes plaines et de collines bleues, avait été le théâtre de sentiments forts et fiévreux. L'amour, surtout, était au centre de tout. L'amour, les cris et les larmes qui avaient fait vibrer les murs centenaires des villas. Pas une ruelle qui n'ait connu quelques histoires romanesques : des filles que l'on enlève, des bandits que l'on pourchasse, des héros et des meurtres, le sang chaud de la passion, la vie tonitruante d'une jeunesse fougueuse.

Bien sûr, tout cela était fini à présent, la fougue florentine était assoupie depuis des décennies, néanmoins sa légende tumultueuse imprégnait encore les lieux, et c'est tout ce qui comptait pour un romantique comme lui. Lorenz se prit à sourire, content de lui et des bons sentiments de dame Fortune à son endroit. Il cala son carton à dessins sous son bras, ajusta sa trousse à matériel à son épaule et se mit à courir.

Il dévala la Via di Bardi, à la pente particulièrement raide. Les pavés disjoints sous ses semelles trop lisses manquaient de le faire déraper. Il était en retard, affreusement en retard, comme d'habitude. 10 heures sonnaient à grands coups au clocher d'une

---

2 Un officier de Napoléon, François-René Cailloux, dit Pouget, qualifie ainsi la ville de Florence qu'il visite durant une campagne militaire. Le qualificatif de « bella » restera associé à Florence.

3 En 1817, l'écrivain Stendhal rapporte dans une lettre dans quel état l'a mis sa découverte de la ville de Florence. Presque malade d'un trop-plein de beauté, il en a eu des vertiges, l'estomac à l'envers ! On dit à présent de quelqu'un qui défaille devant des œuvres d'art « trop belles » qu'il est atteint du syndrome de Stendhal.

4 La cathédrale Santa Maria delle Fiore est couverte en partie d'un imposant dôme de briques connu dans le monde entier : le Duomo. Il reste de nos jours l'édifice le plus emblématique de la ville de Florence.

église lorsqu'il passa à travers la foule compacte accumulée à l'entrée de l'auguste Ponte Vecchio. Sous les arches du pont coulait paisiblement le fleuve Arno, nappe de lumière opaline où flottaient les frêles embarcations des pêcheurs en eau douce.

Lorenz plongea dans la foule. Sa carrure et sa haute taille firent beaucoup pour lui faciliter le passage. Il était ce que l'on pouvait appeler un homme bien bâti, ce qui lui rendait de nombreux services dans toutes sortes de situations, certaines pour le moins incongrues – pour celles-ci d'ailleurs, Nikolaus y était souvent mêlé…

Mais revenons à notre récit.

Le radieux soleil toscan n'avait pas encore fait fuir marchands, badauds et calèches qui se bousculaient sur le fameux pont garni d'échoppes à touristes⁵. Un montreur de singes funambules amassait des spectateurs sur la moitié de la voie et les cochers poussaient de hauts cris pour dégager le passage. L'ambiance était saturée de rires, d'esclandres et de lumière. C'était la Toscane du début de l'été, juin débutait à peine.

Lorenz courait toujours. Les rues se resserraient sur la vieille ville. Les monuments se succédaient sous ses yeux, tous plus beaux et intimidants les uns que les autres : les Offices, le Palazzo Vecchio, l'église San Firenze, marbre et colonnes, vitraux et bas-reliefs, partout l'art le plus noble des maîtres de la Renaissance, partout l'écrasante force d'un passé majestueux. Il contourna en trombe le palais du Bargello, s'engouffra dans l'ombre d'une ruelle et arriva à la porte de l'atelier du maître.

Il en passa l'huis, traversa la modeste cour et entra enfin dans la salle d'études. Celle-ci, très haute de plafond, était éclairée par de larges fenêtres d'où pendaient des rideaux de lin défraîchis que l'on ne tirait jamais. La séance de pose du matin avait déjà commencé depuis une bonne heure. Le

---

5 Pas d'anachronisme ici puisque le mot « touriste » apparait vers 1800 en Angleterre pour désigner les voyageurs faisant leur « Grand Tour », c'est-à-dire, à l'époque, le tour des sites les plus riches en patrimoine historique d'Europe. Peu à peu, on utilisera ce mot pour qualifier les voyageurs de loisirs. Le mot devient populaire avec le livre de Stendhal *Mémoire d'un touriste*, en 1838.

maestro Salvatelli, la mine sévère avec ses iris d'ébène froncés de broussailleux sourcils blancs, le fusilla du regard. La pièce paraissait littéralement submergée d'une forêt de chevalets en bois de toutes tailles et de toutes formes derrière lesquels s'asseyaient les apprentis artistes dont Lorenz faisait partie. Il avisa l'une des dernières places libres, peu pratique, car située juste en face des éblouissantes fenêtres, et s'assit enfin sur un tabouret bancal.

Il installa ses affaires en faisant le moins de bruit possible et sortit une large feuille teintée qu'il fixa sur le carton du chevalet, ainsi qu'un fusain, une sanguine et une craie blanche[6] pour démarrer la première esquisse. Après quoi il se tourna enfin vers le modèle, qui se tenait debout sur une estrade au centre de la pièce.

Lorenz perdit quelques minutes à le contempler. Ce jour-là, ce n'était pas Ettore, le vieux savetier aux rides creusées par le travail, ni la belle Angela, à la peau ambrée et à la chevelure noir de jais, ni encore l'impressionnant Landolfo, tout en poils et en pectoraux. Non, aujourd'hui, l'affolante chute de reins et les jambes joliment musclées qui se tenaient devant lui appartenaient à un tout jeune homme. Un Florentin à la peau cannelle et parsemée de taches de rousseur comme une crème onctueuse brouillée de cassonade.

Il était nu, debout, splendide.

La lumière de l'atelier dégringolait, taquine, depuis ses épaules et ses omoplates jusque sur la naissance de ses fesses. La courbe de son postérieur était une œuvre d'art à elle seule : féminine par son ovale sensuel et sa peau imberbe, indéniablement masculine par la ligne des hanches et l'attache ferme des cuisses. Une androgynie tout en grâce et en impertinence. Tentatrice. Il était aisé de s'imaginer saisir à pleine main cette ferme chair offerte, en caresser la ligne et laisser son désir s'enfouir au plus profond de…

---

6   Fusain, sanguine et craie blanche sont les instruments d'une esquisse dite « aux trois couleurs », une technique utilisée presque systématiquement lorsque l'on apprend le dessin dans les ateliers et académies.

Un bruit d'objet qui tombe et qui se brise tira Lorenz de ses songes sensuels. C'était sa craie blanche qui venait de se fracasser sur le carrelage. Le maître et quelques élèves se retournèrent, irrités. Il se pencha pour en ramasser les morceaux et en profita pour réajuster son pantalon sur une très embarrassante érection qui l'avait pris par surprise. Depuis combien de temps n'avait-il pas eu ce genre de réaction devant un modèle nu ? Assurément depuis bien longtemps. Cela faisait plus de quatre mois qu'il vivait à Florence. Avant cela, il avait étudié la sculpture à Rome, visité Naples et la fascinante Pompéi, mis un pied en Sicile... Ici, comme là-bas, il avait eu maintes occasions de croiser des corps gracieux et attirants, et de céder, à l'instar de son compagnon de voyage, aux sirènes du désir. Il n'avait jamais été un don Juan dans l'âme. Néanmoins, la jeunesse ayant ses besoins à satisfaire, il aurait été hypocrite de se prétendre ascète.

Pour autant, cette foudroyante excitation venait bien mal à propos ! Il se savait d'ordinaire davantage maître de ses émotions. Alors quoi ? La fatigue, peut-être. Il fallait bien avouer que la veille au soir, il n'avait pas été fort sage. La faute à une fête costumée étourdissante organisée sur les hauteurs de la ville, dans les jardins de Boboli[7], où il avait passé une partie de la nuit. Qui en était l'organisateur ? Il ne s'en souvenait plus. Feux d'artifice, vins de prix et courtisanes tout aussi coûteuses, le tout dans un écrin de verdure peuplé d'œuvres d'art, et ouvrant sa perspective sur la ville et son fleuve. Fort agréable pour les yeux, étourdissant pour les sens ; en conclusion : il avait peu dormi.

Lorenz se dandina sur son tabouret et finit par croiser les jambes en soupirant. Il irait faire une sieste après le déjeuner à l'ombre des pins sur la place toute proche de l'atelier. Cela finirait bien par lui passer. « Le corps se dompte tout comme l'esprit. Tout est affaire de volonté », voilà ce qu'il répétait à l'envi à son ami Nikolaus pour le faire rager, lui qui ne se refusait aucun plaisir charnel. Ironie de la situation : puisqu'il était si prompt à

---

7   Les jardins de Boboli, conçus sous le règne de la puissante famille des Médicis au XVIe siècle, furent ouverts au public en 1766. Les fêtes y étaient autorisées et les Florentins ne se privaient pas d'en organiser des splendides.

donner des leçons, c'était le moment de mettre ces belles paroles à exécution.

Prenant une profonde respiration, Lorenz récupéra un peu de concentration et commença son croquis. Des lignes rapides, le placement de quelques ombres et déjà *il maestro* Salvatelli frappait dans ses mains pour demander au modèle de changer de pose. Lorenz soupira, il n'avait même pas eu le temps de donner à son esquisse le moindre souffle. Tant pis. Il rouvrit son carton à dessins et fouilla pour y trouver une nouvelle feuille vierge, qu'il plaça sur le chevalet par-dessus la première. Puis, après avoir consciencieusement pincé la feuille pour l'empêcher de glisser, il jeta, enfin, un coup d'œil à l'estrade.

Son cœur fit une violente ruade. Sa respiration se figea. Sa main, crispée à mi-course entre la feuille et sa trousse de matériel, n'était plus qu'un appendice inutile. Tout son corps pétrifié par la sidération n'offrait aucune prise à sa raison.

Le modèle était à présent face à lui, debout, les bras le long du corps, son regard planté dans le sien. Et quel regard !

Des yeux pareils, il n'en avait jamais vu. D'un bleu si intense que l'on aurait cru deux billes d'un minerai précieux. Saphir, agate, azurite ; des joyaux à sertir sur la couronne d'un roi. Lorenz se demanda s'il disposait d'une telle couleur dans sa boîte à pastels. Non, certainement que non. Cette teinte profonde et la forme de la paupière, en belle amande ouverte caressée de longs cils noirs, donnaient à ce regard une nuance envoûtante. De l'innocence et de la sensualité, de la tendresse et la fougue la plus vive, de l'aplomb, du défi, et une vive intelligence qui brillait, éclatante, au milieu d'un écrin de grâce.

Ainsi, de prodigieusement intrigant à hypnotisant, ce jeune homme avait un regard magnifique.

Lorenz déglutit. Un coup de foudre, vraiment ? Non, certainement pas... Ce genre de chose arrivait aux poètes, pas aux sculpteurs. Et le poète du duo, ce n'était pas lui, mais Nikolaus – enfin, à ce qu'il prétendait.

Dans l'immédiat, le modèle n'avait pas détourné les yeux. Lorenz se sentit rougir. Pour quel puceau hébété devait-il passer ? À vingt-six ans passés : quelle bouffonnerie !

Lorenz s'installa plus confortablement sur son tabouret et, d'un geste rageur, ramena ses cheveux, qu'il portait mi-longs, en arrière. Il lui fallait s'atteler à sa nouvelle esquisse. Un reste de fierté le décida à inspirer profondément et à s'arracher au regard du modèle pour se concentrer sur le reste de la figure : un nez qui ne manquait pas de caractère, une mâchoire encore juvénile et une bouche aux tons rouge tendre qui semblait faite du velours de deux pétales de fleurs. Le cou bien campé sur des épaules délicates, l'accroche de la clavicule si masculine menant à un torse tendu sur des muscles vifs, des grains de beauté qui ornaient de-ci de-là la peau avec coquetterie, les pointes brillantes de deux petits tétons roses...

Lorenz se racla la gorge ; il avait soif. Son regard osa s'aventurer plus bas, sur le paysage des muscles abdominaux, le puits du nombril, l'ombre de l'aine d'où naissait un chemin de poils frisés aux reflets roux, qu'il ne put s'empêcher de suivre jusqu'au sexe du jeune modèle. Aux proportions aussi charmantes que le reste de son anatomie, il donnait à l'imagination de l'artiste de nouveaux élans.

Avoir ses lèvres autour de cette belle virilité, les mains agrippant la chair de ces cuisses ouvertes, le dévorer jusqu'à ce que ses doigts se crispassent de plaisir, parvenir à lui arracher un cri d'extase...

Lorenz se reprit soudainement dans un sursaut un peu ridicule. Mais que lui prenait-il, bon sang ? Il se passa de nouveau la main dans les cheveux et releva les yeux vers le visage du modèle qui le regardait toujours, un discret sourire aux lèvres. Ah, le démon ! Ainsi, l'embarras qu'il provoquait chez Lorenz le faisait rire. Ce dernier sentit ses joues s'empourprer de plus belle. Piqué par l'orgueil, il se mit à dessiner rageusement, se concentrant sur la géométrie de la silhouette, les proportions, les bras, les jambes. Rien d'érotique, rien de sensuel ; le trait, point barre ! Tant bien que mal, il parvint à rendre quelque chose de construit, quoiqu'affreusement froid et académique. Le maître passa derrière lui, émit un grognement d'approbation et, sans plus de commentaire, frappa dans ses mains. Lorenz releva les yeux, le modèle lui fit un clin d'œil et se retourna.

Changement de pose. Lorenz respira, enfin plus à son aise, du moins tant que dura cette pose-ci où il ne voyait qu'un dos et un postérieur ; des courbes délicieuses, certes, mais fort heureusement moins perturbantes qu'un regard de braise. Quelques minutes de répit, assez pour reprendre ses esprits et rire de lui-même et de l'emballement de ses sens. De beaux yeux, un charmant garçon, il n'y avait pas de quoi se mettre dans un état pareil. Il décida de profiter de cette séance, pour le moins inspirante, sans plus se préoccuper d'autre chose que du plaisir de dessiner. Ce ne fut pas sans peine, mais il y parvint.

Finalement, de pose en pose, de clin d'œil en sourire, le cours de dessin dura ainsi jusqu'à midi, heure à laquelle *il maestro* Salvatelli décréta qu'ils en avaient terminé avec cette séance de nu académique. Les élèves commencèrent à quitter la pièce, et Lorenz rangea son matériel et ses esquisses. Le modèle était descendu de l'estrade et enfilait ses vêtements dans un coin de la salle. Il portait une tunique d'un rouge délavé et un court pantalon couleur terre dont il noua la ceinture en cordelette d'un geste d'une surprenante grâce. Le maître lui donna plusieurs pièces de monnaie ; le jeune homme les glissa aussitôt dans une poche et, sans attendre, sortit. Lorenz finit d'attacher son carton à dessins et quitta l'atelier à son tour. Il aurait voulu adresser quelques mots à l'envoûtant éphèbe, hélas celui-ci avait disparu lorsqu'il traversa la cour. Il n'avait pas été assez rapide, peut-être un peu volontairement, se demandant si, après leurs échanges de regards séducteurs, ce beau garçon allait venir de lui-même lui adresser la parole.

Eh bien, force lui était de constater que non ! Dommage, à moins qu'il ne revînt poser dans cet atelier, Lorenz n'aurait sans doute plus l'occasion de revoir cette apparition angélique.

Après être resté plusieurs secondes à regretter de ne pas avoir été plus entreprenant, il se décida à rejoindre la *piazza* de San Firenze, toute proche, pour trouver de quoi manger. Il n'y avait pas foule. Florence l'été semblait désertée. Le soleil étouffait la ville d'une chaleur lourde et, par un temps pareil, il valait mieux prendre son repas à l'ombre d'un porche ou dans la salle d'une *osteria*[8]. Les rares Florentins qui se risquaient en extérieur à ces heures caniculaires étaient chargés de la préparation de quelques fêtes religieuses – Pentecôte ou Saint Jean – que la ville mettait un point d'honneur à rendre grandioses. Sur la petite place, de vaillantes marchandes ambulantes proposaient des *schiacciati*[9]. Lorenz reconnut immédiatement le délicieux fumet de ces pains cuits à la manière toscane. Il s'approchait, bien décidé à en demander plusieurs à emporter, lorsque son regard fut attiré par une tache écarlate filant entre les badauds. C'était le jeune modèle qui venait de passer tout près de lui ! Il semblait très pressé et était suivi par un gaillard massif aux joues noircies de gros favoris, que Lorenz se rappela être Paolo Gradi, un des aides de l'atelier. Un homme assez peu recommandable, plus rapin qu'artiste, et dont la mauvaise réputation et les manières brutales avaient rebuté Lorenz depuis son premier jour à l'atelier.

Et pourtant, en dépit de son antipathie pour Gradi et oubliant sa faim, il se mit à suivre à distance ce duo mal assorti. Ils s'enfoncèrent dans les rues tortueuses de l'est de la ville, le modèle marchant d'un pas décidé, avec Gradi sur les talons. De places plus animées en ruelles étroites, ils arrivèrent finalement dans une venelle où Lorenz n'avait jamais mis les pieds. Il les vit s'y engouffrer et fit de même quelques instants plus tard, en rasant les murs comme un mauvais carabinier[10] en filature.

D'où lui venait cette curiosité subite ? Il aurait été bien en peine de l'expliquer si les deux hommes lui étaient tombés dessus pour lui demander ce qu'il faisait là. Peut-être que la

---

8 À l'origine, l'*osteria* était une sorte d'auberge où l'on ne servait pas toujours de nourriture, mais qui vendait du vin. Les voyageurs pouvaient s'y réfugier pour la nuit ou y manger sur des tables à l'intérieur.

9 La *schiacciata* est une sorte de petit pain rond traditionnel toscan que l'on agrémente de tomates et d'origan, et qui se mange à l'impromptu, en encas ou en entrée.

10 Les carabiniers (*carabinieri*) sont les représentants de l'ordre sur la péninsule italienne. Corps militaire fondé en 1814, il occupe une place particulière au sein de l'armée en remplissant notamment des fonctions de police auprès de la population.

réponse aurait été toute simple ? Le beau modèle l'intriguait, voilà tout. Où vivait-il ? Quel était son nom ? Lorenz voulait le savoir. Habitait-il non loin ? Rejoignait-il une famille de besogneux artisans qui attendait le fruit de sa matinée de pose pour acheter le déjeuner des plus jeunes enfants du foyer ? Bercé de mièvrerie désuète, Lorenz laissa courir dans son esprit ce charmant tableau rustique qui ne put, hélas, tenir longtemps face à la réalité.

En effet, le modèle et Gradi venaient de s'arrêter pour parlementer. La ruelle était en fait une impasse encombrée d'un amoncellement de planches de bois, de tas de briquettes et de sacs de mortier. Lorenz se glissa derrière deux madriers pour observer la scène qui avait lieu à une dizaine de mètres de là.

Après quelques mots échangés, il vit Gradi jeter une poignée de pièces dans un pot en terre posé sur le sol, puis commencer à défaire sa ceinture et à ouvrir sa braguette. Lorenz retint sa respiration. L'évidence de ce qui allait se produire lui doucha l'âme et lui glaça le cœur. Sa mâchoire se crispa. Il venait de comprendre...

Non sans séduction, le jeune modèle s'approcha de son client et lui désigna, posée sur une caisse, une assiette creuse remplie d'huile dans laquelle baignait une plume, instrument destiné, à l'évidence, à faciliter l'échange à venir[11]. Pour autant, Gradi n'avait pas le désir de s'encombrer de préliminaires. Il poussa un grognement de dédain et repoussa la proposition avec humeur. Le garçon perdit immédiatement son sourire enjôleur et toisa froidement son client. Celui-ci, visiblement impatient, lui prit le bras avec force, le fit se retourner dos à lui, baisser son pantalon, écarter les jambes et plaquer les mains bien à plat sur le mur de la ruelle. Lorenz serra les dents, la nausée commença à lui gagner la gorge. Cependant, paralysé par la révulsion, il ne parvint pas à détourner les yeux. L'homme cracha dans sa paume pour lubrifier ainsi très sommairement l'instrument de sa

---

11   Ces détails sont extraits d'un petit opuscule intitulé *Lettre à la présidente*, un récit de voyage peu orthodoxe de Théophile Gautier, écrit en 1850, dans lequel il décrit les différentes spécialités des bordels italiens, et notamment une cabane où un bardache fait son commerce.

concupiscence avant d'empoigner les hanches du jeune modèle, qui ne put réprimer un gémissement de douleur lorsqu'il fut sailli brutalement.

Au troisième coup de reins de Gradi, Lorenz déguerpit de la ruelle en bousculant une pile de planches qui dégringolèrent dans un fracas tonitruant. Il n'avait pas fait dix mètres dans la rue qu'il vomissait tout le contenu de son estomac au pied d'un mur au crépi pelé. Il resta là de longues minutes, complètement sonné, les entrailles en vrac et l'esprit noyé par le dégoût. Quelle fleur délicate il faisait, décidément ! Il aurait été bien hypocrite à se dire choqué, car la prostitution masculine n'avait rien de surprenant dans ce pays[12]. C'était même une spécialité locale notoire et il n'était pas rare que de jeunes Florentins sans le sou racolent jusque dans les auberges les touristes étrangers venus là justement pour s'encanailler.

Alors quoi ? D'où venait sa réaction extrême ? La fatigue de la veille avait bon dos. C'était plus que cela. Jusqu'aux tréfonds de son âme, il avait été révulsé par cette scène odieuse. Son esprit se refusait à l'accepter. Comment digérer que l'Adonis qu'il avait passé deux heures à adorer du regard fût ainsi souillé sauvagement contre quelques pièces ? C'était la beauté traînée dans la boue, l'art foulé au sol. C'était l'atroce visage de la ville telle qu'elle était vraiment derrière ses beaux atours et son lustre de façade. Oui, Lorenz le savait : une crise économique profonde minait la Péninsule depuis plusieurs années, le prestige déjà ancien de la ville des Médicis ne parvenait plus depuis longtemps à dissimuler l'odeur puante de la misère exploitée. Ainsi allait le monde, broyant les êtres et les recrachant dans le caniveau.

Baigné depuis des mois dans la douceur de vivre de Florence, logé dans une villa sur les hauteurs verdoyantes, Lorenz en avait presque oublié la sombre réalité tapie à l'ombre de toutes les

---

12 Gautier n'est pas le seul auteur à parler des jeunes Florentins comme les cibles de choix du tourisme sexuel au XIXe siècle. Les garçons sont le plus souvent très jeunes quand ils tombent dans la prostitution, 13 à 14 ans tout au plus. Leur réputation est telle que dans toute l'Europe, on parle volontiers de « vice florentin » pour désigner l'homosexualité masculine.

villes de la vieille Europe. Nikolaus lui avait pourtant fait la leçon plus d'une fois ! Son ami le savait parfois trop idéaliste. Cadet chéri d'une famille aisée, Lorenz gardait encore en lui une âme chevaleresque bercée d'illusions. Il finirait un jour par la perdre, lui avait-on assuré. Il n'aurait pas parié là-dessus... jusqu'à aujourd'hui.

Lorenz toussa, le vertige avait du mal à passer. S'appuyant de l'épaule sur le mur, il allait se relever lorsqu'il reçut une grosse bourrade dans le dos qui le fit vaciller.

— Alors, le Prussien[13], on se rince l'œil gratis ! Faudrait voir à me payer le spectacle, la prochaine fois !

C'était Gradi, un bon gros sourire repu collé au visage et une main qui se grattait l'entrejambe avec entrain. Lorenz eut de nouveau l'envie de vomir. Mais son estomac était vide et ce fut plutôt de la bile amère qu'il ravala avec une grimace.

— Dégage, espèce de porc, lui jeta-t-il en dépit du bon sens.

Si la brute prenait la mouche, dans l'état où il était, il allait se retrouver sur le carreau avec des dents en moins. Pour se donner de la contenance, il essaya de se mettre debout, sans succès. Gradi rigola, encore sous l'effet de son plaisir assouvi.

— Mais oui, c'est moi le porc ! Si tu crois que j't'ai pas vu reluquer le môme pendant le cours ! Allez, va t'en payer une tranche, je t'l'ai assoupli. Tu vas voir, tu apprécieras, il miaule comme une chatte.

Lorenz parvint à se relever dans un élan, bouscula Gradi qui riait à gorge déployée, et rejoignit l'ombre de la ruelle où il s'écroula, le dos appuyé contre le mur, la tête basculée en arrière, les yeux clos et la peau couverte de sueur. Il inspirait et expirait par saccades, tentant de reprendre un peu prise sur lui-même. Au bout de plusieurs minutes, il sentit des doigts légers lui frôler l'épaule.

— *Signore*, vous devriez boire un peu d'eau. Tenez.

---

13   Gradi mélange sciemment les qualificatifs pour être blessant. Lorenz n'est pas prussien, mais autrichien. La plupart des grandes villes italiennes sont par ailleurs à l'époque sous la domination autrichienne après avoir été aux mains des Français durant l'empire napoléonien.

Il ouvrit les yeux sur deux iris limpides, dont la couleur lui évoqua celle de l'eau glissant sur un tapis de mousse. De belles lèvres corail lui souriaient doucement. Le modèle était agenouillé devant lui et lui tendait une gourde en peau, que Lorenz accepta volontiers et à laquelle il but goulûment. L'eau fraîche lui fit un bien infini, lui nettoyant les sens et l'esprit. Il s'essuya la bouche du revers de la main et rendit l'outre au jeune homme.

— Merci. Pardon pour cet affligeant spectacle qui n'est pas dans mes habitudes, hasarda Lorenz en s'essayant à sourire.

Il était affreusement gêné.

— Ce n'est rien. J'espère que vous accepterez de ne pas rapporter cela à la Garde de la cité… Vous me voyez désolé que vous ayez été témoin de ce genre de… d'entrevue.

À ces mots, il baissa les yeux et Lorenz ne put s'empêcher de revoir la scène qui l'avait tant écœuré quelques instants plus tôt. Ce corps frêle hoquetant de douleur sous les coups de boutoir de Gradi : quelle vision atroce. Malgré tout, il parvint à dompter son malaise.

Le beau garçon semblait à présent remis, bien que les joues encore un peu rougies et ses mèches brunes ébouriffées. Il se releva et, après avoir essuyé sa paume sur son pantalon, tendit la main à Lorenz pour l'aider à se mettre debout. Ce que Lorenz fit, à son grand soulagement, avec une énergie retrouvée. Il remarqua, avec peine, que les yeux du jeune modèle étaient moirés d'eau. La douleur avait donc bien laissé un voile éphémère sur ce regard enivrant. Les mots de Gradi lui revinrent en mémoire et la culpabilité lui tarauda l'esprit.

— C'est à moi de m'excuser. Je… Tout à l'heure, dans l'atelier, je n'ai pas eu pour vous le regard d'un honnête homme, se permit-il d'avouer.

— Au vu de ma situation, je ne crois pas que vous devriez vous soucier de la manière dont vous m'avez regardé, lui rétorqua le jeune homme d'une voix mi-amusée, mi-contrite.

Lorenz l'observa avec attention. Il n'avait pas les mots ni le phrasé d'un gosse des bas quartiers[14]. Et pas non plus les manières et l'attitude d'un giton à touristes. Comment un beau garçon visiblement éduqué finissait-il par se vendre pour quelques pièces au fond d'une ruelle sale ? Son imagination retrouva bien vite les chemins du romanesque et il sentit brûler en lui l'envie de résoudre cette énigme tant la personnalité contrastée de ce garçon l'intriguait.

Lorenz tenait toujours sa main dans la sienne, ferme et chaude au creux de ses doigts. Il avait envie de l'y garder là pour la protéger. Ou plutôt pour *le* protéger, lui tout entier, ce symbole de la beauté, mettre son cœur et son corps entre ce garçon et les salissures du monde. Non pas qu'il semblât si délicat ! Plus frêle, certes, il était pratiquement aussi grand que Lorenz et l'éclat de ses yeux en disait long sur son courage à affronter cette horrible existence. Néanmoins, et cela était profondément touchant, on sentait affleurer dans les inflexions de sa voix quelque chose de fragile, un genre rare de pureté de l'âme qu'il aurait été criminel de laisser dépérir dans une impasse sordide.

Sa confiance de preux chevalier retrouvée, Lorenz se fit plus souriant pour répondre :

— Dévoiler un corps si gracieux pour permettre à d'humbles artistes de trouver l'inspiration, je ne vois pas là de quoi avoir honte. Mais je ne me suis pas présenté. Lorenz Binckes, sculpteur en devenir.

Le jeune modèle lui lâcha la main et rougit légèrement.

— Sandro, dit-il enfin dans un sourire étonnamment timide.

Il se passa la langue sur les lèvres et inspira, semblant soupeser les conséquences de sa réponse.

Lorenz releva un sourcil.

---

14   Au début du XIXe siècle, il existe autant de dialectes en Italie que de régions, rien n'est encore harmonisé. Le toscan, qui deviendra la base de l'italien moderne, a la réputation d'être le parler le plus littéraire de la péninsule, car les plus célèbres hommes de lettres furent natifs de Florence (à savoir : Dante, Pétrarque et Boccace).

— Sandro... Pas de nom de famille ? demanda l'artiste sur un ton léger.

Sandro se raidit. La riposte qui suivit la question de Lorenz fut cinglante, et le sourire de Sandro disparut en laissant place à un rictus de défiance.

— Porter le nom de mon père dans ma pitoyable situation serait l'entacher inutilement. Et il ne vous sert à rien de le connaître pour que je satisfasse à vos désirs.

Lorenz reçut le trait comme on prend une claque.

— Mes désirs ? Vous en parlez comme si vous les connaissiez ! répondit-il, piqué.

Ce garçon venait implicitement de le mettre dans le même sac que ses brutes de clients.

Lucide, Sandro eut un ricanement étouffé.

— Croyez-moi, les hommes qui me suivent dans cette ruelle ont tous le même genre de besoins. Et peu importe pour eux mon nom, pourvu que j'écarte suffisamment les cuisses. Maintenant, à moins que vous ne souffriez justement d'une envie impérieuse dont je puisse vous soulager, il me faut vous abandonner pour trouver de quoi gagner mon pain.

N'attendant aucune réaction de Lorenz, il tourna les talons et regagna la rue passante, laissant le sculpteur bouche bée. Celui-ci se reprit un instant plus tard et se précipita à la suite de Sandro. Il le rattrapa au bout de quelques mètres et l'arrêta en lui saisissant la main.

— Pardonnez-moi, Sandro, j'ai manqué de tact. Ce n'est pas... comme cela que je voulais... Vis-à-vis de vous, je ne suis que... enfin... Puis-je vous inviter à déjeuner pour m'excuser ?

Le jeune modèle repoussa sa main, visiblement excédé. Des boucles brunes retombaient sur ses yeux assombris de colère. Il ferma les poings et leva le menton.

— *Signore* Binckes, je ne suis pas de votre monde et il serait ridicule que vous fassiez comme si vous l'ignoriez. Cessez cette mascarade de courtisanerie, vous n'y gagnerez rien de plus de moi que ce que votre argent suffit à acheter. Contrairement aux « sculpteurs en devenir » comme vous, je n'ai pas le loisir de trouver un garde-manger plein quand je rentre d'une journée ordinaire. Mon temps tout comme mon cul sont monnayables.

Maintenant, vous choisissez l'un, l'autre, ou les deux, mais je ne resterai pas une minute de plus en votre compagnie si cela n'est pas rémunéré.

Lorenz en resta stupéfait. Il se sentit sot. Sandro avait eu raison de le remettre à sa place : se dire sculpteur alors qu'il était avant tout fils de bourgeois vivant de ses rentes, plastronner comme un godelureau, c'était ridicule. Ce brillant garçon venait plus ou moins de l'accuser de muflerie d'une manière indéniablement cinglante, et cependant si altière qu'elle en devenait séduisante. Son attitude tout entière était un magnifique manifeste à la fierté outragée. Un ton pareil, et cette arrogance dans la voix ! Une vraie boule de feu contenue sous les traits d'un jeune noble. Non seulement ces propos acerbes n'avaient pas refroidi le désir de Lorenz de le connaître davantage, mais encore, il aurait donné beaucoup pour pouvoir partager une journée de discussion revigorante avec lui.

D'ailleurs, puisqu'il s'agit d'une question d'argent, la chose est sans doute négociable, se dit-il en prenant exemple sur son ami Nikolaus, qui ne se privait pas d'ordinaire d'user de l'argent pour aplanir toute discorde.

Il fouilla dans ses poches. Une bourse contenant une dizaine de pièces, mélange de florins et de sequins[15], y traînait. Il la tendit à Sandro, qui ouvrit des yeux ronds.

— Votre temps alors ! clama Lorenz avec une ferme assurance, de celle qu'il employait avec les associés de son père.

Si ce jeune homme souhaitait être traité avec franchise, il allait faire en sorte d'agir comme tel.

Décontenancé, Sandro dénoua les liens de la bourse et évalua son contenu, puis demanda avec suspicion :

— Pendant combien de temps souhaitez-vous pouvoir disposer de moi ?

---

15   Le florin est la monnaie toscane officielle jusqu'en 1861, date où elle sera remplacée par la lire italienne. Le sequin est la monnaie vénitienne. Au XVIIIe et au début du XIXe siècle, les touristes circulent avec diverses monnaies qui sont toutes acceptées dans les commerces habitués à traiter avec des voyageurs étrangers.

Le verbe « disposer » arracha une grimace à Lorenz, toutefois il se força à garder son ton le plus flegmatique.

— Ce que le contenu de cette bourse me permettra d'obtenir, répondit-il, stoïque.

Sandro fronça les sourcils. Lorenz pouvait presque voir sous la peau de son front les rouages de son esprit en train de s'animer pour évaluer les risques d'un tel négoce.

— Très bien. Trois heures, pas davantage. Je ne vais pas chez vous, je ne rencontre ni un ni plusieurs de vos amis, et nous restons dans des lieux publics ou proches des lieux publics. C'est à prendre ou à laisser.

Il lui tendit la bourse en vue de la lui rendre, s'attendant à ce que ces conditions restrictives suffisent à dévoiler les mauvaises intentions de l'artiste qui, pour cette somme, attendait certainement davantage. Cependant, le visage de celui-ci s'éclaira d'un sourire immense.

— Parfait, ne perdons pas de temps alors ! Je meurs de faim et je suis persuadé que vous aussi. Je connais mal la ville, mais il y a une gargote, où je sais que l'on mange bien, et non loin un cloître calme où l'on pourra s'asseoir et discuter. Cela vous tente-t-il ?

L'estomac de Sandro émit un grognement disgracieux très reconnaissable, lequel arracha un rire à Lorenz. Rouge de honte, Sandro rangea rapidement les pièces d'argent dans sa poche et saisit le bras que Lorenz lui tendait.

— Allons-y, grommela-t-il.

SCÈNE II

(La cour d'un cloître en début d'après-midi. Un carré herbu orné de parterres de buis en occupe le centre. Une gracieuse colonnade en fait le tour. Nos deux héros s'y sont installés. Ils discutent à voix basse.)

Sandro avait les joues brûlantes. Il se sentait comme ivre, son esprit semblant dériver sur l'onde de ses émotions, égaré entre deux eaux, questionnement et émerveillement, crainte et espoir. Pouvait-il y croire ? N'était-ce pas un rêve ? Ou un piège ?

Puisse le paradis ressembler à ces quelques heures, suppliait-il intérieurement. *Puisse cette douceur fugitive n'avoir pas pour prix de cruelles humiliations.*

Il y avait tant à perdre à se laisser séduire par un inconnu.

Hélas, plus les heures passaient et plus la bataille de sa raison contre son cœur si pétri de romantisme semblait perdue. Comment ne pas succomber ? Tout concourait à ce qu'il bâillonnât sa méfiance et laissât le champ libre à ses sentiments. La nature accueillante s'alliait au temps idyllique pour le voir rendre les armes. Pour un peu, il se serait cru le héros d'une pièce de théâtre tant le décor et l'ambiance pouvaient rappeler les roucoulades que l'on jouait partout dans cette ville de dilettante[16].

Il y avait d'abord la douce chaleur du soleil qui baignait le calme cloître où il était assis. Il faisait si beau. La lumière resplendissante habillait le marbre blanc des arcades d'un voile doré, comme dans un songe. Puis venaient les délices du savoureux repas parfumé d'origan et arrosé d'un chianti[17] qu'il sentait encore crépiter sur ses papilles. Enfin, et surtout, il y avait l'exaltante compagnie de Lorenz, farouche discoureur, bretteur de mots et de surcroît galant homme, sachant écouter avec attention et respect quand la discussion l'exigeait. L'ensemble combiné de ces éléments remplissait Sandro d'un bonheur euphorisant et indiscutable.

C'était un rêve, assurément. Il se cala plus confortablement sur le muret de pierres et se perdit dans la contemplation de son interlocuteur.

---

16   *Dilettante* est d'ailleurs un mot d'origine italienne dont le français a gardé l'orthographe étrange, deux « t », propre à la langue transalpine.
17   Le chianti est le vin emblématique de la Toscane. On se perd en conjectures pour savoir qui a véritablement créé le chianti et surtout à quelle date l'appellation devint officielle.

Quel étrange micheton[18] que ce Lorenz ! Offrir à déjeuner à un giton, voilà qui n'était pas commun. Et dans quel lieu ! Pas dans une chambre discrète, pas dans une arrière-cour ou un cabinet secret où l'on cache ses vices. Non ! Ils avaient déjeuné dans une *trattoria*[19] : simple, rustique, bruyante, surpeuplée et accueillante autant que pouvait l'être ce genre d'établissement. Sandro avait eu peur d'en passer l'huis, peur d'affronter le regard mauvais du patron et des clients. Car il le savait, avec ses bras nus et sa silhouette androgyne au côté d'un bel étranger au teint pâle, il faisait un tableau classique et réprouvé : le tapin et son miché. Il fallait être prudent ; le racolage de rue, passible du fouet, n'était toléré que par dédain et parce que l'on savait qu'il formait souvent un complément substantiel au revenu des plus démunis. Mais tout de même, de là à se montrer en public... Sandro les avait assez entendus, les quolibets des bourgeois et des dignitaires du grand-duché. La ritournelle était toujours la même. Partout on conspuait les mœurs déliquescentes de la jeunesse, cette génération de romantiques seulement bons à se noyer dans les plaisirs et la mélancolie. Le Romantisme, une mode éphémère, portée par quelques dégénérés à qui on pouvait attribuer tous les maux, de la misère qui infectait les rues aux ravages de la prostitution qui se faisaient chaque jour voir davantage. Alors, arriver en compagnie d'un client dans une salle d'auberge, était-ce tenter le diable ? Étonnamment, hasard ou miracle, ils n'avaient pas été mis à la porte. Cela tenait de l'exceptionnel. Le tenancier n'avait fait que froncer le nez en voyant entrer leur duo si reconnaissable.

C'est que Sandro n'avait pas compté sur Lorenz et son art surprenant de déjouer les attentes. En effet, l'artiste excellait dans le rôle du gentleman. Son attitude parfaitement respectueuse avait démenti les apparences. Rien, ni un mot, ni un geste, ni

---

18   Le « micheton » est un client dans le langage populaire de cette époque, tandis que le « giton » est le prostitué. On dit aussi « bougre » et « bardache », mais il s'agit de termes plus anciens.
19   La *trattoria* s'apparente au restaurant, hormis qu'elle accueille des clients de classe un peu plus aisée que dans les *osteria*. On y trouve des menus, les plats sont rustiques et l'ambiance informelle.

un regard, ou si peu, n'avait trahi la bienséance. Lorenz était le genre d'homme que Sandro aurait aimé connaître du temps où ses relations ne se basaient pas exclusivement sur l'argent et la chair. Cela lui paraissait si loin. Il avait du mal à admettre que seulement huit mois s'étaient écoulés depuis le jour funeste où il avait atterri dans cette ruelle. Huit mois, à son âge, c'était une vie entière.

Lorenz était un client comme il n'en avait jamais eu. L'improbable combinaison de trop de qualités. Tout d'abord vivement intelligent, instruit et, si ce n'est riche, sans doute raisonnablement doté ; du moins, Sandro le supposait. Cet homme avait de l'argent à gaspiller, sinon pourquoi dilapider sa bourse en compagnie d'un pauvre bardache comme lui alors que, nanti d'un charisme saisissant, il pouvait prétendre sans mal aux plus désirables courtisanes et aux plus brillants cercles intellectuels de la ville ?

Et il était de surcroît indéniablement séduisant, beau comme peuvent l'être les hommes bien nés et élevés à l'air sain d'une famille aimante. La silhouette élancée et robuste, il avait l'esprit aussi pur que l'ambre de ses iris. Un front haut, des cheveux bruns portés mi-longs à la manière des artistes, les traits marqués, déjà, par le travail et l'inspiration. Cette inspiration qui lui faisait orner ses paroles d'une foule de gestes aériens. Sa passion pour l'art semblait émaner de tout son être. Il en parlait comme on décrit des paysages lointains, comme on goûte les saveurs venues d'Orient, comme on caresse la peau d'une pêche avant de croquer sa chair, avec cet émoi dans la voix, cet éclat dans le regard qui trahit les âmes en quête d'extase. Ô, Dieu, que cet homme était beau, beau à vous faire tourner la tête, beau à vous briser le cœur.

Bien trop beau d'ailleurs pour lui qui n'était plus rien.

Rejeté brutalement dans la réalité, Sandro se prit à s'inquiéter en un coup d'œil de l'endroit où il se trouvait. Un cloître ! Ô ironie ! Lui le perverti, lui tombé si bas, avait-il sa place en un tel lieu ?

Après leur déjeuner, tous deux étaient venus s'asseoir sous les arches du cloître de San Lorenzo. Ce lieu calme, ouvert la journée pour le public qui souhaitait monter étudier à la bibliothèque Laurentienne[20], offrait un asile tout trouvé pour de discrètes conversations. Installés sur le rebord de pierre de la colonnade, Lorenz, le dos appuyé à un pilier sculpté, et Sandro, en tailleur en face de lui, n'attiraient pas l'attention. Ils avaient l'air d'un couple d'amis profitant d'une après-midi de tranquillité.

Sandro sentit l'éphémère de ce si doux moment lui serrer la gorge et son visage se voila de sombres pensées. Il lui faudrait bien trop vite retourner dans la ruelle pour gagner l'argent de ses dettes.

Dans la ruelle ou bien... Elle avait dit que ce soir, après le récital, il y aurait de nombreuses demandes, des offres alléchantes, et... Il s'agirait d'être aimable, serviable et... et sans doute que...

Il frémit.

— Vous semblez troublé. J'espère que je ne suis pas la cause de cette soudaine tristesse, l'interrogea Lorenz en posant une main sur son genou, son regard tout entier empli d'inquiétude.

Que d'honnêteté dans ce regard.

— Non, bien sûr que non. Un peu de réalité qui me rattrape, rien de plus, répondit Sandro avec un sourire courtois.

Il baissa les yeux. La main de cet homme qui se disait sculpteur n'avait pas quitté son genou. Elle était incroyablement réconfortante, cette main posée là si spontanément. Elle n'était pas là pour le molester ni pour le contraindre. Pas d'arrière-pensée, pas de convoitise avide, elle ne laisserait pas d'empreintes bleuâtres sur ses hanches. Cette main innocente aux longs doigts rudes était belle, et rendue plus belle encore par ce simple geste dont Sandro appréciait la mâle franchise.

— Je voudrais pouvoir chasser cette réalité si odieuse qu'elle parvient à mettre de l'ombre dans l'azur si pur de vos yeux, avoua Lorenz.

---

20   Au XIXe siècle, la bibliothèque Laurentienne est ouverte au public et son entrée donne sur le cloître du monastère San Lorenzo. Ses collections d'ouvrages, réputées dans toute l'Europe, sont formées d'un fonds de près de 15 000 livres et manuscrits anciens, et datant pour nombre d'entre eux de l'époque de Laurent de Médicis, qui lui a d'ailleurs donné son nom.

Sandro se prit à sourire de ce énième compliment du séduisant artiste. Mais il se devait de lui faire comprendre qu'un tel jeu était inutile : ils n'appartenaient pas au même monde. L'habitude de se sentir inférieur, jugé, s'était ancrée en lui si vite... Parfois, cela lui donnait le vertige. L'époque où il aurait pu se prétendre l'égal d'un tel homme était révolue.

— Ne vous acharnez pas à épuiser votre galanterie. Il n'y a rien de moi qui ne serait à vous pour quelques pièces. Les mots ne vous offriront rien de plus, dit-il d'un ton volontairement aigre.

— Vous me l'avez dit, mais je préfère l'oublier. Ne voyez pas cela comme de la flatterie, mais comme l'hommage fait à l'amitié.

— Nous ne pourrions être amis, Lorenz. Vous souilleriez votre réputation à m'avoir dans vos relations.

— Je n'en crois rien. Vous êtes bien au-dessus de votre situation apparente. Je le devine dans votre regard, je le décèle sur vos lèvres, je le reconnais à votre voix et aux mille traits de votre personnalité. Il y a en vous trop d'intelligence et de distinction, trop de lumière pour que vous ne soyez pas quelque prince déchu en quête d'un royaume, déclama Lorenz dans un élan de verve poétique.

Sandro rit carrément à cette remarque un brin lyrique.

— Oh, les cieux m'en préservent ! J'ai bien trop à faire ici-bas pour ne pas encore avoir à m'encombrer d'une couronne à reconquérir !

— Vous m'en voyez navré, je me serais fait chevalier pour vaincre vos ennemis et sauver votre honneur ! renvoya Lorenz sur un ton exalté plein de légèreté.

Sandro baissa de nouveau les yeux.

Son honneur, pour ce qu'il en restait...

La honte lui gagna le cœur. Et c'est avec une vraie amertume qu'il répondit à Lorenz en gardant le regard fixé sur la main chaude qui était restée posée sur son genou :

— Je n'ai rien d'une jouvencelle attendant d'être sauvée par un preux. Et mon honneur ne vaut plus rien depuis longtemps. Vous y perdriez le vôtre à vouloir me défendre.

La paume de Lorenz quitta la jambe de Sandro pour venir se poser sur ses deux mains qu'il ne cessait de tordre avec anxiété, les calmant instantanément. L'humeur n'était plus aux badineries et les deux hommes le perçurent au même instant.

— Sandro, soyez assuré que je ne vois pas en vous un être corrompu ou brisé. Ce que je crois déceler, au contraire, m'intrigue, m'émeut, et si j'osais… lui confessa Lorenz d'une voix soudain très douce qui fit frissonner le jeune prostitué.

Il se prit à entrelacer ses doigts à ceux du sculpteur, mais ne trouva pas la hardiesse de relever les yeux lorsque, dans un murmure, il se risqua à lui demander :

— Qu'oseriez-vous ?

Une poignée de secondes s'écoulèrent, chargées d'un silence pudique, et Lorenz se rapprocha de lui sur la margelle de pierres rousses. L'air semblait vibrer d'une chaleur frémissante, sa peau à l'unisson eut le même frisson. L'attente, cette seconde précédant la caresse, était-elle plus délicieuse que l'acte lui-même ? Ainsi parlaient les poètes. Se pouvait-il qu'ils aient raison ? Sandro ferma les yeux. Brûlant de le découvrir, tremblant à l'idée que le rêve prît vie.

La main de Lorenz vint à la rencontre de la courbe de son épaule, ses doigts en tracèrent la ligne pour suivre celle de son cou, que le col très ouvert de la tunique ne couvrait pas.

Ensorcelé par ce frôlement hésitant, Sandro inclina insensiblement la tête pour offrir davantage de sa chair à la caresse. Il soupira lorsque celle-ci suivit l'angle de sa mâchoire, son menton, et qu'il sentit Lorenz dessiner le contour de ses lèvres du bout de son pouce.

— Acceptez de venir chez moi ce soir, acceptez de me faire confiance et je jure que… je vous le dirai, répondit enfin le sculpteur avec intensité avant d'enfouir ses doigts dans les mèches brunes de Sandro, à qui ce geste tendrement possessif enflamma les sens.

Leurs visages étaient à quelques centimètres l'un de l'autre et le jeune homme sentit son esprit chanceler. Que devrait-il répondre à cela, lorsque toutes ses pensées étaient rendues incohérentes par cette trop grande proximité ? Cet homme avait une manière de le toucher qui jetait ses certitudes au feu.

Sa respiration s'accéléra lorsqu'il perçut le souffle de Lorenz venir lui frôler le visage. Un instant s'écoula : fragment de temps figé par l'émotion. Mais aucun baiser ne vint le conquérir, pas d'étreinte insistante, pas d'appétit à satisfaire. Surpris, Sandro rouvrit les yeux.

D'un geste d'une tendresse infinie, Lorenz avait porté la main du jeune prostitué à sa bouche. Il la tenait, sa main, comme on tient un papillon. Au creux de sa paume, il déposa ses lèvres, si délicatement que, n'eût été l'extrême fébrilité de ses sens, Sandro ne les aurait pas senties. Ému, il le regarda faire sans répondre, sans bouger. Lorenz ne le quittait pas des yeux, son regard plus enivrant que le plus fort des alcools. Le baiser resta pourtant chaste. Un simple contact de la peau imprimé avec une ferveur désarmante, comme s'il était un être estimé et chéri, comme s'il méritait d'être aimé. Lorenz expira et son haleine chaude glissa sur sa paume tel un aphrodisiaque. Le sculpteur y laissa couler ses lèvres, une caresse pour chaque doigt, le dessin de chaque ligne : de vie, de fortune, d'amour, parcours sensuel en terre de chiromancie[21]. Il lui baisait la main comme on se donne à un rituel, à une dévotion. Et Sandro se pliait à son désir, savourant l'effleurement de cette bouche si douce qui se faisait plus ferme, plus réelle à chaque seconde écoulée, l'emportant dans un vertige de sensations.

Il ne se souvenait pas d'un moment de sa courte vie où quelqu'un l'avait touché avec tant de délicatesse. La respectueuse retenue d'un tel baiser provoqua en lui un émoi plus grand que bien des étreintes tumultueuses. Tout son corps répondait aux lèvres de Lorenz comme la corde du violon à l'archet du musicien. Il lui fut d'une tristesse infinie de constater que c'était un homme qu'il connaissait à peine qui venait de lui offrir un si précieux trésor : un souvenir à chérir pour des années entières. Il se prit à croire que peut-être le destin avait eu pitié de lui, lui abandonnant ces secondes de joie en gage d'années de souffrance.

Hélas, lorsque sa paume frissonnante et la bouche aimante de Lorenz se désunirent, le charme se dissipa. Sandro comprit que cet éphémère plaisir, tache de lumière fugace dans son

---

21   La chiromancie est l'art de lire les lignes de la main.

existence sordide, était destiné à lui rappeler son état. Il était à vendre. Dans sa poche, une bourse de pièces faisait un poids obscène. C'était l'argent de Lorenz. Aussi délicieux que pût être ce baiser, c'était un commerce, pas un élan d'amour. L'instant n'avait été qu'un songe échauffé par l'été et les mots romanesques d'un homme trop séduisant. Dans cette réalité, son corps et son honneur étaient à vendre. Parce qu'il n'était plus que ça : « une âme corrompue, bonne à n'être que de la chair à bordel ». Ainsi parlait-*Elle*. Et *Elle* avait raison.

Sandro ouvrit les yeux et constata qu'ils s'étaient emplis de larmes.

En proie à la plus grande confusion face à cette trahison de ses propres émotions, il s'écarta brusquement de Lorenz et s'essuya rageusement les paupières pour en chasser les pleurs, mais ceux-ci ne voulurent pas s'arrêter de couler. Ils inondaient à présent ses joues, sa gorge, le noyant de sanglots qui vinrent par vagues lui comprimer le cœur. Sandro n'arrivait plus à maîtriser son corps, ni sa tristesse, ni tout ce flot de souffrance qui jaillissait soudainement de lui comme d'un barrage rompu.

Recroquevillé comme l'aurait été un enfant, il couvrit son visage de ses mains et sanglota sans bruit, tout son corps secoué de hoquets de désespoir qu'il ne parvenait pas à contrôler. C'était le trop-plein de cette journée, de ces derniers mois, de cette vie qui l'avait jeté dans la boue à même pas 18 ans, de ce destin qui avait piétiné ses rêves. Non, pourquoi se leurrer ? Le destin n'était pas à blâmer. C'était lui et lui seul, sa faute, son péché. Cette graine du vice enracinée en lui. Il y avait succombé et à cause de cela… à cause de cela il devait… depuis des mois… et pour sans doute des années…

Submergé dans un chaos irréfrénable, noyé par l'envie de disparaître, Sandro sentit au milieu de toute cette détresse deux bras l'enlacer et l'attirer doucement. Sandro vint se blottir contre sa poitrine. À bout de force, il se laissa étreindre. Il voulait tout oublier, absolument tout.

Il enfouit son visage trempé de larmes au creux du cou du sculpteur et crispa ses doigts dans les plis de sa chemise. Là, il pleura, honteux de sa fragilité et ne pouvant l'empêcher de s'exprimer. Il aurait dû s'inquiéter que quelqu'un les remarquât ainsi embrassés, mais même de cela, il n'avait pas la force de se soucier. Il souhaitait que tout s'arrête : ses tourments, et la rue, et cette honte qui lui rongeait l'âme. Le refuge des bras de Lorenz, la chaleur qui l'emplissait progressivement finirent par vaincre ses sanglots, qui se calmèrent enfin après de longues minutes. Il se laissa apaiser par les battements du cœur de ce bel inconnu qui résonnaient tout contre sa joue, et qui semblait lui souffler en une douce litanie : « Ne craignez rien, je suis là, je vous protégerai. »

Et Sandro voulait tant y croire…

SCÈNE III

(Même décor. Le cloître est resté très calme. Nos deux héros n'ont pas bougé après ce moment de vive émotion.)

L'instant était d'une beauté émouvante. Mais la beauté est un être fragile ; trop fragile, sans doute : un rien suffit à la décapiter.

— Par le Ciel et ses anges, Lorenz, je t'y prends ! tonna une voix gaillarde.

Le susnommé sursauta et s'écarta vivement du jeune éploré qu'il tenait embrassé. Un réflexe de petit garçon pris en faute qu'il regretta immédiatement lorsqu'il vit le regard d'espoir trahi que lui envoya Sandro. Son geste de surprise, à juste titre, avait été pris pour de la lâcheté. S'il ne pouvait supporter d'être vu le tenant innocemment dans ses bras, alors comment croire à un serment de chevalier loyal ? Le songe n'avait pas duré longtemps.

Déconfit, Lorenz voulut lui reprendre la main. Le jeune prostitué refusa d'un mouvement farouche. Il se tenait à présent à bonne distance, le regard obstinément rivé sur le balcon du cloître où flânaient des étudiants. Sandro se mordait les lèvres, ses yeux encore brillants de larmes. Tout son être semblant avouer que, mortifié d'avoir été surpris dans un tel état de faiblesse, il brûlait d'envie de s'enfuir.

Nikolaus, puisque c'était bien lui le fieffé initiateur de ce désastre, toussa fortement pour attirer l'attention de Lorenz.

— Eh bien, eh bien, je déteins sur toi, ma parole ! Moi qui te croyais plongé dans une saine et studieuse activité, voilà que je t'attrape faisant pleurer un giton ! De joie, j'espère !

La bordée, bien que leste, n'avait pas été tirée pour être blessante. Hélas, dans le contexte, Lorenz ne put s'empêcher de prendre la mouche. Il allait pour se lever et reprendre son ami avec virulence lorsqu'il vit Sandro, comme secoué par un coup de fouet, prendre les devants d'un bond. Son regard était de glace.

— *Signore* Binckes, je vois que le temps passe et celui qui vous était alloué est écoulé depuis longtemps. Je m'en vais donc. Adieu.

Le cœur de Lorenz s'affola. Cela ne pouvait se terminer ainsi !

— Attendez, Sandro !

Il fouilla avec panique dans ses poches, les sentit vides, tourna vers Nikolaus un regard désespéré auquel celui-ci renvoya un froncement de sourcils interloqué.

— Je crois savoir qu'il n'est plus dans vos moyens de prolonger cet entretien, ironisa Sandro en tâtant ostensiblement la poche où il avait mis l'intégralité de la bourse de Lorenz. Maintenant, si vous voulez bien m'excuser, j'ai à faire ailleurs.

Nikolaus émit un ricanement goguenard, mais Lorenz paniqua :

— Non, Sandro. Je vous en prie, je…

Nikolaus retint son ami en attrapant son biceps d'une poigne vigoureuse et lui coupa la parole pour lancer à Sandro, qui s'éloignait déjà :

— Excellente journée à vous, mon joli. On saura vous trouver en cas de besoin !

Sandro ne se retourna même pas lorsqu'il lui répondit d'un ton acerbe :

— Je n'en doute pas, et je ne suis pas « votre » quoi que ce soit, à moins d'y mettre le prix. *Ciao !*

À ce trait piquant, Nikolaus eut un rire sonore qui se brisa lorsqu'il vit l'expression furieuse de Lorenz. Celui-ci, d'un coup d'épaule, s'arracha à sa prise.

— Qu'as-tu fait, sinistre idiot ! Il n'acceptera plus jamais de me revoir après une telle humiliation !

— Holà ! Calme-toi, ce n'est qu'un giton ! Paye-le et il sera à toi, rien de plus simple.

— Ôte ce terme de ta bouche si tu veux rester mon ami. Sandro n'est pas… Il est tout autre chose, je te l'assure.

Nikolaus leva les mains au ciel, effaré par cette réaction très peu coutumière du pondéré artiste.

— Très bien. Quoi donc, alors ? Prince ? Fée ? Qu'en sais-tu ? Ce n'est pas pour ses larmes de théâtre que tu lui livres ton cœur, au moins, rassure-moi !

— De théâtre ! Mais elles étaient vraies, aussi vraies que le soleil et l'azur. Elles étaient vraies, j'en mettrais mes deux mains au feu !

— Alors, tu es à demi fou. De quelle commedia dell'arte[22] te crois-tu le héros ? *L'Accorte Catin et l'Artiste naïf* ? Enfin, ne va pas me faire croire que tu n'as pas vu que ses émotions étaient simulées. C'est un métier, ces garçons-là en vivent.

— Non, elles ne pouvaient l'être. Son cœur battait si fort et son âme... Mon Dieu, Nikolaus, son âme ! Je l'ai sentie se déchirer.

— Allons, allons, j'admets que c'est un excellent comédien et un fort joli mignon. Même pour moi qui ne goûte pas à ce genre de gibier. Mais je devine aussi qu'il est un formidable nid à péchés !

— Rah ! Tu ne le connais pas comme moi je le connais !

— En une poignée d'heures ! Eh bien, le coup de foudre a bon dos ! Toi, mon pauvre ami, tu es bien trop naïf. Tu ferais bien de t'endurcir la couenne, sinon ce monde finira par te bouffer. Regarde-moi, je n'ai pas la moindre illusion quant à l'honnêteté des damoiselles que je mécène.

— Comment peux-tu être aussi cynique ?

— Non, pas cynique : réaliste ! Tu le sais bien, je me dis poète, mais je suis un marchand. Mon père attend de moi que je me renseigne sur le commerce des tissus et Florence fait la plus belle soie d'Europe. Je n'ai pas le luxe, comme toi, d'être un cadet de famille, celui qui échappe aux responsabilités pour vivre d'art et de distraction. Ne me regarde pas avec ces yeux-là, tu sais que j'ai raison, on en a assez discuté. Je le vis bien, il me suffit de profiter de la vie et, par un heureux biais de notre société : elle est fort bonne pour qui peut payer ! Soyons légers comme il est de rigueur dans cette ville. Allons, veux-tu te changer les idées ?

---

22   La commedia dell'arte est un genre théâtral d'origine italienne dont l'une des principales caractéristiques réside dans les masques que portent les comédiens qui campent toujours des personnages stéréotypés pris dans des situations burlesques.

J'ai là deux invitations pour assister à un récital. Tu ne peux être viennois sans aimer la musique.

Lorenz le repoussa en grondant :

— Un concert contre mon cœur arraché ! C'est faire mauvaise affaire !

Nikolaus lui sourit, penaud. Il sentait que la réaction de son ami n'était pas ordinaire, que ses émotions étaient disproportionnées, néanmoins sa franche bonhomie le poussa à apaiser les choses, à tourner l'altercation à la blague et à trouver un tout autre sujet d'occupation à son camarade, que les beaux yeux d'un môme des rues avaient égaré.

— Allons, Lorenz, accompagne-moi ! Cela ne t'engage à rien. Je ne veux pas te laisser ruminer de chimériques amours.

— Chimère, non. Songe, apparition, peut-être. J'ai l'impression d'avoir entrouvert les cieux. Un ange m'a été envoyé, ce ne peut être que cela...

Lorenz se passa la main sur le visage. À quelques mètres, un parterre d'iris à la floraison finissante exhalait un parfum lourd qui acheva de lui donner la migraine. Comme un somnambule, il ramassa son carton à dessins qu'il avait abandonné près d'une margelle de la colonnade et commença à se diriger vers la sortie du cloître sans attendre Nikolaus. Celui-ci le rattrapa.

— Attends ! Viendras-tu ? Le récital ?

Le sculpteur poussa un soupir résigné.

— Quand cela est-il donné ?

— Tout de suite ! Ou presque. Dans une heure ! À peine le temps de nous changer. Nous y retrouverons nos joyeux compères de la Pergola[23], ils sauront te mettre du baume au cœur. Viens, ne restons pas sur une querelle.

---

23   La Pergola est le nom du grand Opéra de la ville. Toute personne souhaitant se faire voir et s'amuser se doit d'avoir une loge à la Pergola. On y vient non pour les spectacles, mais pour boire, se rencontrer et commencer la soirée qui finira immanquablement dans une fête improvisée.

Lorenz se retourna vers son ami. Nikolaus le suppliait du regard. C'était un garçon sincère. Il croyait honnêtement pouvoir le distraire en le grisant de fête et de musique.

La musique : art futile. La musique : distraction innocente.

Un sourire triste anima les traits de Lorenz lorsqu'il consentit d'un léger signe de tête.

La musique : compagne des tragédies…

Dans la tragédie classique :
Le deuxième acte voit apparaître l'élément perturbateur...

SCÈNE PREMIÈRE

(Le hall d'une vaste et riche villa florentine, en plein après-midi. La chaleur est prégnante. Une foule d'invités se presse aux portes. Les dames activent leurs éventails de soie peinte, tandis que les messieurs parlent fort. Nikolaus et Lorenz viennent d'arriver.)

— Fichtre ! Charmante !

À ce mot lancé à haute voix, Nikolaus passa les portes de la première salle de réception, Lorenz sur ses talons. Le tonnant adjectif n'avait en aucun cas pour but de décrire les lieux où les deux amis avaient atterri, car cette villa n'aurait pas supporté un mot aussi mesquin pour seule description. Non, avec des plafonds perchés à six mètres de haut, trois cours intérieures et une orangerie, de plus imposantes épithètes auraient été de rigueur : « grandiose », « splendide », peut-être, mais pas « charmante ».

Ainsi, et comme de bien entendu, ce qualificatif était adressé non au lieu, mais à une créature de sexe féminin. C'était une jeune femme que Nikolaus venait d'apercevoir. Lorenz la remarqua lui aussi lorsqu'elle se leva d'une banquette où elle était assise pour venir à leur rencontre, séduite peut-être par le salut théâtral que lui envoya de loin Nikolaus, ou tout simplement en quête d'un client à séduire – un soupçon d'effronterie dans sa démarche trahissait la courtisane en herbe. Lorenz se méfiait de ce genre de créature. Lorsqu'elle s'approcha, son ami poète émit un discret sifflement ; la damoiselle était divine. Le port de tête d'une reine, de longs cheveux d'un blond vénitien crêpelés par petites ondes, de longs pendants d'oreilles tombant sur ses épaules nues, une robe rose et or enveloppant des formes pulpeuses : elle était d'une beauté de madone. Elle arriva à leur hauteur et, ignorant Nikolaus, elle planta son regard dans celui de Lorenz.

Celui-ci en resta foudroyé.

Ce regard ! Deux saphirs étincelants bordés de longs cils noirs. Dans ce regard, on reconnaissait de l'esprit, de la fierté, de la raison et quelque chose de finement provocant ; en bref, incroyable mais vrai, comme deux joyaux font la paire dans une parure de duchesse, son regard ressemblait à s'y méprendre à celui de Sandro ! Comment un tel prodige pouvait-il être possible ?

— *Bellissima*, n'approchez pas davantage ou la flamme de votre *resplendissance* va embraser mon cœur, attaqua Nikolaus, décidément très en forme.

La jeune femme garda une seconde ses yeux rivés à ceux de Lorenz, dont le cerveau pataugeait allégrement entre hébétude et confusion. Elle lui sourit et, ne voyant aucune réaction, elle finit par se détourner de lui pour répondre aimablement à son camarade :

— « Resplendissance », quelle invention délicieuse. Seriez-vous poète, *signore* ?

— Je le prétends en effet. Mais pour vous plaire, je suis prêt pour une éternité à être le dernier de vos esclaves plutôt que le roi des poètes loin de vos beaux yeux ![24]

La jeune femme retint un rire qu'elle dissimula derrière son éventail. Elle maîtrisait à merveille l'art de séduire.

— Que ferais-je d'un esclave, mon Dieu ? Mais vous aiguisez ma curiosité. Votre toscan mériterait quelques ajustements et votre accent indique que vous n'êtes pas d'ici.

— En effet, madame. Je n'ai pas cet honneur. Nikolaus Trommer, natif de Vienne. Vienne, patrie des arts, de la musique et…

— …et de l'envahisseur autrichien !

— Oh non, « envahisseurs », nous ne le sommes plus. Pour ma part, si j'ai un jour fait œuvre de conquête, soyez assurée que celle-ci a toujours eu pour but le plaisir de la conquise.

— Vous êtes, monsieur, beau parleur pour deux. Votre ami est-il infirme ? Il semble s'être mué en statue.

La belle jeune femme se tourna vers Lorenz et lui adressa un délicieux sourire, auquel l'artiste finit par répondre d'une voix troublée :

— C'est que, *signorina*, vous avez un regard que je crois reconnaître et qui éveille en moi une émotion très vive. Seriez-vous parente avec un jeune Florentin se faisant appeler Sandro ?

À ces mots, Nikolaus se tourna vers son ami, inquiet. Sandro était le prénom de ce tapin dont Lorenz avait la lubie depuis le matin. Par quel sortilège avait-il à ce point fasciné son camarade ? Il repensa au regard du jeune homme, séduisant,

---

24   Pour faire le poète, Nikolaus repompe allégrement une réplique du roman *L'Abbesse de Castro*, de Stendhal, où un jeune évêque tente de séduire une charmante abbesse.

certes, mais enfin, de là à lui donner une parenté avec cette élégante damoiselle, c'était pousser la manie un peu loin.

Celle-ci ne put totalement dissimuler sa surprise. Son visage se crispa un court instant, puis, tout aussi vite, elle donna à son expression le masque d'une jolie moue boudeuse.

— En voilà une question incongrue. Sandro, Alessandro, vous n'êtes pas sans savoir, *signore*, qu'à Florence, ce prénom se retrouve dans pratiquement chaque famille. Il serait bien étonnant que je ne connaisse pas un Sandro.

Lorenz ne fut pas dupe de cette réponse évasive. Ses sens, aiguisés par son état nerveux, avaient perçu le fugace étonnement de la jeune femme. Il allait pour insister lorsque Nikolaus l'en empêcha par un grand éclat de rire.

— Ah, cher Lorenz, quel goujat tu fais ! Voyez, mademoiselle, mon ami n'est pas au fait des us et coutumes élémentaires de notre époque. C'est un artiste, il vit pour ainsi dire en ermite. Pour ma part, avant de vous faire dresser la liste de votre parentèle, j'aurais plus volontiers commencé par demander votre nom.

Les badineries de Nikolaus furent l'occasion pour la belle Florentine de se soustraire aux questions de Lorenz. Elle s'en saisit avec grâce.

— Et croyez-vous que je vous l'aurais donné si aisément ? minauda-t-elle en jouant de l'éventail devant sa bouche rieuse.

Nikolaus était aux anges d'avoir repris la main.

— Aisément ? Oh non, je n'en crois rien, non. J'aurais dû me battre, sans doute, ou supplier, peut-être.

— Vraiment ? Vous seriez allé aussi loin ?

— Pour votre seul prénom, pour n'avoir même que cela à toucher des lèvres : vous me trouveriez à genoux, dans l'instant !

Cette fois, la jeune femme ne fut pas en mesure de retenir un rire à la sonorité cristalline.

— Doux Jésus, je vous en prie, ne faites rien d'aussi radical ! Mon prénom ne vaut pas tant de sacrifice. Allons, je vous l'offre pour prix de votre superbe galanterie : Lucia, c'est ainsi que je me nomme.

— Lucia ! Et la lumière fut[25] ! Un prénom prédestiné ! s'enthousiasma Nikolaus alors qu'au même instant des applaudissements et des bravos se faisaient entendre.

Le concert devait avoir débuté. La foule des invités, qui s'était, comme eux, attardée dans la salle de réception, amorça un mouvement vers l'intérieur de la villa où se trouvaient les patios.

Nikolaus tendit son bras à la belle Lucia qui s'en saisit promptement. Fier d'avoir une si charmante créature à son bras, il allait pour se diriger vers la source de la musique lorsqu'il se tourna vers Lorenz, resté en retrait.

— Mon ami ! Je refuse de te voir avec cet air byronien[26]. Tu es sombre à faire peur. Sors de ta stupeur et suis-nous ! Allez ! ajouta-t-il en lui donnant une tape amicale sur l'épaule.

Avec les mouvements d'un automate grippé dont on force les rouages, l'artiste se décida à accompagner le couple sous les arcades de la villa. Ils traversèrent un jardin clos orné d'orangers en pot. L'odeur des arbustes se déposait comme une brume épaisse sur les sens de Lorenz, qui se sentit engourdi, assommé. L'après-midi était bien entamée et une chaleur lourde écrasait les toits. D'ocre et de blanc, de rose et de pourpre, murs et fleurs rivalisaient de teintes chaudes. Les lieux et l'ambiance avaient quelque chose de sirupeux pour l'esprit et de redoutable pour la raison. Il se prit à chercher des yeux l'ombre fraîche près des hauts murs.

Le trio se dirigea vers un patio pavé. Une musique gaie se devinait derrière le brouhaha des convives. Lorenz avisa dans l'un des angles de la cour l'endroit où un attroupement s'était

---

25   Lucia signifie en italien « lumière ». « Et la Lumière fut / Et lux facta est » est une référence biblique extraite du *Livre de la Genèse* que détournera le poète du Romantisme Victor Hugo, dans l'un de ses plus célèbres poèmes intitulé *Et Nox facta est*.

26   Lord Byron, poète anglais, figure de proue du romantisme, aussi excessif qu'inspirant pour toute une génération de jeunes gens en quête d'héroïsme et de liberté, est allé mourir en Grèce alors que le pays luttait pour son indépendance. À l'image de ses poèmes, on le disait presque fou et rongé par la mélancolie.

formé. Les musiciens devaient se trouver là, entourés d'une petite assemblée de spectateurs debout. La mélodie, dont les notes légères résonnaient déjà autour d'eux, était chatoyante de trilles et de cadences dansantes. Pourtant, la perspective de devoir jouer des coudes pour s'approcher de l'orchestre n'enthousiasmait pas Lorenz outre mesure.

Il n'était pas le seul.

— *Signore* Trommer, avec cette chaleur, je me sens prise de vertiges. Si vous voulez bien m'excuser, je vais vous abandonner à l'appréciation du récital et me trouver une alcôve où je pourrai me délasser, déclara Lucia dans un gémissement mimant une profonde lassitude.

Lorenz la dévisagea avec attention, son air épuisé était trop appuyé pour n'être pas feint.

— Non, non, ne bougez pas, je vais vous quérir un siège ou un rafraîchissement. Les deux, peut-être ! proposa Nikolaus immédiatement.

— Ne vous donnez pas cette peine, je peux…

— Je reviens dans un instant ! Lorenz, montre-toi courtois et fais-en sorte que notre radieuse lumière ne pense pas à nous quitter.

Celui-ci opina et son ami, rassuré, bondit vers sa mission avec l'énergie d'un chevalier arthurien en quête du Graal. Lorenz se tourna aussitôt vers Lucia, à l'instant où elle tournait les talons et tentait d'en profiter pour lui fausser compagnie. Il eut à peine le temps de la rattraper par le poignet avant qu'elle n'eût disparu dans la foule. Se sentant saisie, la jeune femme se débattit, rageuse. Toute trace de délicate séduction avait disparu de son visage courroucé.

— Monsieur, lâchez-moi ! cracha-t-elle.

— Je le ferai, mais, avant cela, donnez-moi votre nom, lui répliqua Lorenz.

— Il n'en est pas question.

— Je me permets d'insister.

— Faites, je ne vous le donnerai pas pour autant.

— Pourquoi ?

— Il ne vous sert à rien de le connaître.

Lorenz resserra sa prise sur le poignet de la jeune femme.

— *Il* m'a répondu la même chose. Lui non plus ne voulait pas me donner son nom ! gronda-t-il.

— S'*il* ne l'a pas fait, c'est qu'*il* avait ses raisons, siffla-t-elle entre ses dents en se dégageant d'un mouvement sec.

Elle lui jeta un regard si chargé de haine qu'il n'osa pas la suivre immédiatement. Le temps qu'il réagît, elle avait déjà disparu dans la foule qui se pressait, impatiente, dans le grand patio.

Lorenz se secoua dans un spasme rageur. Voilà qu'elle aussi lui avait échappé. Mais cette Lucia connaissait Sandro, il aurait même parié qu'elle était sa proche parente, une sœur sans doute, pour lui ressembler autant. Ainsi le destin s'amusait à se jouer de lui, lui montrant des ombres et des illusions, et les lui arrachant des mains aussitôt vues.

Nikolaus, revenu avec un verre d'une quelconque boisson, le rattrapa au vol de ses pensées.

— Où est-elle ?! Lorenz, que lui as-tu dit pour la faire fuir ? s'exclama-t-il, déçu.

— Elle le connaît, elle aurait pu me dire où le trouver... souffla le sculpteur, désemparé.

Son ami but le contenu du verre en un trait, avant de soupirer bruyamment.

— Nous voilà bien. Et après ? Je t'en prie, cette histoire de coup de foudre est ridicule. C'est un garçon, bon sang. Quand bien même tu le retrouverais, que pourrais-tu en faire ? Ton valet de pied ? On ne vient pas en Italie pour tomber amoureux. Enfin, pour tomber amoureux, pourquoi pas, mais pas sérieusement et pas d'un homme !

Lorenz, enfin, releva les yeux vers son camarade. Il avait raison. Évidemment qu'il avait raison. Il était en train de virer monomane[27] ! Son cœur ne le laissait plus en paix depuis sa

---

27   Les « monomanies », ainsi qualifiait-on dès 1830 les diverses névroses que l'on commençait à définir en maladies mentales spécifiques. Les monomanes étaient classés par type (du jeu, de l'avarice...). Avant cela, tous les troubles neurologiques étaient généralement qualifiés de folie ou de mélancolie sans distinction.

rencontre avec Sandro. Il lui fallait reprendre ses esprits, arrêter cette folie. Las, il baissa les bras.

— Je vais essayer de suivre ton conseil. Mes obsessions me font peur et cette journée est un chaos.

— Tu ferais bien, pour une fois que je suis le plus avisé de nous deux !

Lorenz lui sourit faiblement et, après lui avoir tapoté le bras en signe de bonne volonté, il prit le parti de s'en aller vadrouiller en solitaire dans les salles attenantes à la cour afin de se rafraîchir les idées et de se délasser le cœur.

SCÈNE II

(*Une galerie de sculptures dans une des salles d'apparat de la riche villa florentine. Le sol et les murs sont recouverts de marbres de couleurs différentes donnant au lieu des airs de reliquaire médiéval.*)

Moins peuplée que le patio où se tenait le concert, la luxueuse galerie dans laquelle Lorenz avait trouvé refuge était bien plus calme. Il y découvrit une superbe collection d'antiques[28]. Çà et là sur leurs piédestaux, des sculptures de bronze ou de marbre blanc animaient la salle de leurs poses variées.

C'était une galerie privée comme il en existait beaucoup dans ce pays de collectionneurs où chaque trou creusé dans le sol révélait des vestiges de l'Empire romain. Le sculpteur en lui trouva un peu d'apaisement à déambuler entre les œuvres, à contempler les plus belles d'entre elles, à prendre note de certains morceaux de virtuosité. Son esprit s'accrocha à ce moment de repos et d'inspiration. Il en avait besoin. La journée épuisante qu'il était en train de vivre avait eu, jusque-là, toutes les apparences d'une pièce de théâtre particulièrement rocambolesque ; du genre de celles où les comédiens entrent et sortent en claquant les portes, et où les péripéties se succèdent sans discontinuer.

Hélas, il n'aurait pas prédit que l'entracte fût d'une si courte durée.

Perdu depuis plusieurs minutes dans la contemplation d'un Mercure bondissant, il surprit les mots d'une conversation entre un homme en costume brodé et une femme que le haut socle de la statue lui cachait. Le patricien avait un fort accent anglais, tandis que la dame avait une voix captivante au timbre alourdi d'impudeur.

— *Ahimè*[29], est-ce bien vrai ? Votre décision est définitive et vous ne monterez pas plus haut votre enchère ? Quel dommage. Vous prenez un risque, mon très cher ami. Vous savez combien il est demandé. D'autres que vous pourraient être plus généreux.

— Il est en tout point adorable, on ne peut le nier, et avec une telle bouche, on devine sans peine quel talent il a à offrir… Toutefois, je me doute qu'à son âge, il ne soit plus… intact. Vous comprenez qu'à ce titre, le prix s'en trouvât drastiquement réduit.

---

28   Les antiques sont des sculptures créées durant l'Antiquité grecque ou romaine. Dans les académies, au XIXe siècle, on les moulait en plâtre pour servir de modèle aux élèves.
29   « Hélas », en italien.

— Certes. Mais son expérience sera le gage de davantage de maîtrise de votre bon plaisir. De plus, il sait être docile.
— La docilité a ses charmes, mais, avec l'âge, j'ai appris à préférer les réticences à dompter. Les larmes donnent une saveur particulière à la possession.
— Les larmes ne sont pas impossibles à obtenir quand on sait s'y prendre. Je devine que vous sauriez les lui arracher.
— Ah, vous me flattez ! Et vous pourriez presque me convaincre... Mais allons, n'en parlons plus, mon prix est arrêté.
— J'en prends note. Quel fauve vous êtes en affaires, mon cher !
— Et vous, *signora*, vous êtes une lionne[30] telle qu'on les aime à Paris.
— Oh, parlez-moi de Paris, je rêve d'y retourner. J'y avais fait un triomphe, savez-vous ? À l'époque, mon regretté mari avait obtenu que...

Sur ces mots, le couple machiavélique s'éloigna et la fin de leur conversation se noya dans la rumeur de la salle.

Contournant la statue, Lorenz n'avait entrevu que le dos de la robe d'un jaune éclatant de celle qui, à n'en pas douter, était une maquerelle. Et l'homme, assurément, était un jouisseur tout prêt à faire souffrir une innocence livrée à ses perversions.

Lorenz resta interdit. Quel monde abject. « De la merde dans un bas de soie »[31], pour reprendre une formule célèbre. Horrible société. Mascarade sinistre.

De qui se disputait-on ainsi les prestations charnelles ? se demanda-t-il.

---

30 La lionne est l'archétype de la femme parisienne à la mode, l'élégante frénétique, la dangereuse maîtresse à la fois souple, sauvage, ardente et folle, et qui a pour concurrent le lion, son équivalent masculin, un dandy assoiffé de plaisirs mondains.
31 Formule que l'on doit à Napoléon 1er qui, un jour de 1809, déclara à son ministre Talleyrant, connu pour son art de la diplomatie tolérant toutes les compromissions : « Vous n'êtes que de la merde dans un bas de soie. »

Que le Ciel lui fît grâce que cela ne fût pas de Sandro ! Ah ! Voilà qu'il repensait aux yeux enchanteurs du jeune Florentin, à ses lèvres, à ses larmes, et son cœur se mit à battre la chamade.

Lorenz jeta autour de lui un regard égaré. Les œuvres sculptées par des maîtres anciens avaient perdu leurs charmes, elles semblaient tourner vers lui leurs yeux vides et froids. Elles le jugeaient.

Tu t'amouraches d'un giton ? Tu as payé son temps ? Qui crois-tu être, pauvre fou ? Un miché, comme tant d'autres, cet homme que tu conspues te ressemble bien plus que tu ne veux l'admettre, voilà la vérité !

Lorenz fut pris d'une sueur froide. Sa conscience se débattait dans la boue de ses sentiments. C'était vrai, il avait payé Sandro, il était un client. Comme cet homme, il s'était acheté le droit de posséder, de…

Des rires résonnèrent sous les hauts plafonds et donnèrent un ton de farce cruelle à la scène à laquelle il venait d'assister. Il en eut la nausée.

Le mieux qu'il avait à faire, à présent, c'était de rentrer chez lui et de s'écrouler dans son lit. Il retourna dans la cour. Nikolaus n'était pas en vue, sans doute entraîné ailleurs par le groupe d'amis qu'il avait espéré retrouver en arrivant. Le concert était terminé, ou peut-être que les musiciens prenaient une pause. Les convives n'en étaient pas moins nombreux et la chaleur toujours aussi présente. Des domestiques servaient des verres de vin de Champagne. L'ambiance était à la fête, au délassement, à l'abandon. On allait allumer des lanternes en papier de couleur. Les gorges des femmes étaient déjà largement découvertes, les mains des hommes se faisaient aventureuses. Ce n'était pas encore une orgie, néanmoins l'avancée des heures allait certainement muer ces lutineries en débauche qui se poursuivrait tard dans la nuit. Le luxe, les draperies, la chaleur, l'étouffement de ses sens, Lorenz devait partir d'ici, sans quoi, tel un nouveau Lysandre perdu dans le songe d'une nuit d'été[32], il y risquerait sa raison.

Lorenz chercha la sortie de la demeure-labyrinthe. Par quelle cour était-il venu ? Quel escalier avait-il emprunté ? Les lieux étaient immenses, il se sentait comme une souris prise au piège. Sa conscience tel un chat chasseur était à ses trousses. Il tourna dans un large couloir bordé à gauche de fenêtres hautes et à droite d'alcôves que masquaient de lourdes tentures. Des couples y avaient trouvé refuge, leurs voix, même basses, résonnaient dans le couloir. Des soupirs se faisaient entendre. Lorenz pressa le pas, prude comme un abbé, la tête baissée et les yeux au sol. Fuir, fuir tant qu'il était encore temps !

Derrière le dernier rideau de velours cramoisi, une conversation se fit moins discrète :

— S'il vous plaît, il n'est pas l'heure encore, le récital n'est qu'interrompu, on m'attend.

— Allons, ce n'est qu'une caresse. Je ne t'achète que cette main qui tient si bien l'archet et quelques minutes de cette bouche que je crois habile.

— Pas maintenant, *signore*. Pas aujourd'hui. Je ne suis pas...

— Allons, laisse-là ta pudeur. Celle-ci n'est excitante que lorsqu'elle se fait brève. Je connais le prix, j'irai *la* payer !

— Non, vous dis-je !

Le bruit d'une étoffe que l'on froisse accompagna ce refus impérieux.

Dans un battement de cœur, Lorenz se retourna. Cette voix ! Alors qu'il était presque arrivé au bout du couloir, il revint précipitamment sur ses pas, à l'endroit de la dispute, à temps pour surprendre Sandro aux prises avec un homme qui l'avait saisi par le bras.

Son sang ne fit qu'un tour.

— Immonde pourceau ! jeta-t-il.

---

32   Référence au *Songe d'une nuit d'été* : pièce de Shakespeare dans laquelle plusieurs couples d'amants sont les pions des dieux de la forêt, lors d'une nuit d'été particulièrement mouvementée où tout le monde vire plus ou moins fou. Lysandre y est un jeune amoureux dupé.

Ne prenant pas le temps de raisonner, Lorenz empoigna le fieffé par son veston et le repoussa avec force contre le mur de l'alcôve. L'homme poussa un grand cri, manqua de trébucher et se rattrapa à une fragile console. Malheureusement, le vase qui s'y trouvait posé bascula et vint se fracasser sur le sol.

Les trois belligérants se turent. Les éclats de porcelaine s'étaient répandus sur les dalles brunes : poudre blanche sur colère noire. Le silence qui suivit le fracas ne dura qu'un instant.

— Lorenz ! Que faites-vous ici !?

— Jeune homme, vous allez me rendre des comptes de cet affront, je vais vous...

— Sandro, vous n'avez rien ? Si cette brute vous a fait du mal, alors je jure que...

Leurs trois répliques s'entremêlèrent de façon un peu ridicule. La scène virait au vaudeville. Ameutées par le bruit, plusieurs personnes affluèrent sur les lieux.

— Que se passe-t-il ? Oh, Ciel ! *Signore* Osborne ! Je vous en prie, dites-moi que vous n'avez rien !

Celle qui venait d'intervenir était une flamboyante dame d'une quarantaine d'années drapée dans une robe en satin safran que Lorenz reconnut immédiatement. La maquerelle ! Son instinct le poussa à venir s'interposer entre cette virago et Sandro, mais ce dernier fut le plus prompt et se plaça d'autorité devant le sculpteur comme pour le protéger. Le jeune modèle était vêtu d'une tenue cintrée, une sorte de livrée qui lui donnait des airs de valet de pied d'un autre temps. D'une pâleur inquiétante, il gardait néanmoins une attitude résolue.

L'homme interpellé, le dénommé Osborne, se redressa et, piqué d'orgueil, épousseta brièvement son habit avant de relever le menton, fanfaron.

— Soyez sans crainte, *signora*. Une simple algarade. Alors que je m'entretenais avec un musicien, ce foutriquet, que je crois pris de boisson, m'a bousculé dans un excès de démence.

Lorenz s'insurgea avant que Sandro n'eût eu le temps d'intervenir.

— Vous mentez, monsieur. Je vous ai surpris alors que vous faisiez à ce jeune homme des avances malhonnêtes !

Parmi les curieux venus assister à la scène, des gloussements se firent entendre. Ils se moquaient de Lorenz et de son élan chevaleresque. Ils le trouvaient sans doute bien naïf de venir ainsi au secours d'un tapin.

— Enfin, monsieur, ne soyez pas ridicule, le tança la dame en jaune. Des lacunes dans votre vocabulaire vous auront égaré. Les douces subtilités de notre langue sont souvent inaccessibles aux moins érudits des visiteurs de passage.

— Ah, parce que ce pendard avec son accent anglais[33] à vous arracher les tympans vous semble plus apte à savourer les « douces subtilités » de la langue de Dante ? On sait tous pour quelle raison les gens de son espèce viennent visiter votre ville, et ce n'est pas pour la douceur du climat !

Des « oh » offusqués firent écho à cette remarque. Une large majorité des convives se trouvant certainement être d'origine britannique, l'attaque de Lorenz ne pouvait que tourner l'assistance contre lui.

— Votre grossièreté ne connaît pas de borne, semble-t-il. Cessez, monsieur, vous vous ridiculisez, lui rétorqua la maquerelle.

Des murmures approbateurs suintèrent du public attroupé autour d'eux. Lorenz crispa la mâchoire, humilié. Ne jugeant plus que ce dernier méritât qu'on lui prêtât davantage d'attention, la dame en jaune lui tourna le dos et posa sur Osborne un sourire cajoleur. L'Anglais n'était pas intervenu pour se défendre. Surprenant ? Non. Pourquoi le faire quand le tribunal populaire était entièrement à sa solde ? Garder la tête haute et la morgue du vainqueur était pour lui un bien meilleur parti à prendre. Il avait décidé d'ignorer superbement Lorenz.

---

33   Les touristes anglais sont à cette époque à ce point nombreux à Florence qu'on dit que la ville en est envahie. Les Florentins s'en plaignent, car beaucoup de ces Anglais viennent pour échapper au joug sévère de la morale victorienne et poussent les jeunes locaux, filles comme garçons, à se prostituer pour quelques pièces.

— Mon cher, vous souhaitiez admirer le magnifique alto Stradivarius[34] que conserve notre hôte à l'étage, n'est-ce pas ? proposa la maquerelle d'une voix séductrice.

— Madame, rien ne pourrait me faire davantage plaisir, susurra lord Osborne.

— Alors soyez exaucé, Sandro va vous y conduire immédiatement.

— Mais, le concert, il n'est pas terminé et je... intervint le jeune homme d'une voix où pointait une sourde angoisse.

— J'ai dit : « Sandro va vous y conduire immédiatement », lui assena la maquerelle d'un ton qui ne tolérait aucune contestation.

Lorenz était sidéré de tant de veulerie. Malheureusement, pour lui, la lie n'était pas encore bue. Osborne renchérit encore à l'ignominie de cette scène en ajoutant, mièvre :

— Madame, si une poignée de minutes me sont accordées, j'avais espéré profiter d'une courte démonstration de son talent dans le maniement de cet instrument.

En vrai débauché, l'Anglais poussait jusqu'au ridicule la métaphore musicale. Les gloussements redoublèrent. Sandro baissa les yeux, la honte lui brûlait les joues.

Lorenz tremblait de colère, de rage, même ! Que pouvait-il faire ? Pourquoi personne n'intervenait ? Pouvait-il dénoncer cette indignité sans qu'on lui rît au nez ? Pour avoir été le seul à se soucier de l'honneur d'un garçon que tous avaient jugé comme dépravé, il passait pour le *seccatore*[35] de service.

Devant la demande oiseuse d'Osborne, la dame en jaune ne parvint pas à retenir un petit souffle exaspéré qu'elle habilla d'une moue hautaine.

---

34   L'alto est un instrument à cordes, légèrement plus petit que le violoncelle. À la période romantique, l'alto bénéficie de plusieurs inventions et améliorations qui en font un instrument très apprécié, notamment pour les musiques dites de chambre (musique composée pour un petit ensemble d'instruments et n'ayant pas besoin de chef d'orchestre).

35   Qualificatif typiquement italien et très employé en 1840 qui désigne à la fois un homme sot, ennuyeux, fâcheux et importun.

— Bien évidemment, répondit-elle, magnanime. Maintenant, si vous voulez bien m'excuser, j'ai des ordres à donner pour que le récital puisse se poursuivre malgré ce petit ajustement.

Elle s'en alla ainsi, comme une diva quittant la scène, dans un chatoiement de satin.

Et ce fut tout. Lorenz écarquilla les yeux. La panique le gagna. Non ! Il ne pouvait pas laisser faire une telle infamie ! Cet homme allait emmener Sandro, cet homme allait le contraindre, l'avilir ! Il s'avança, prêt à intervenir, prêt à se battre, prêt à tout !

Mais Sandro, qui avait senti bouillonner sa colère, se tourna vers lui et, le temps d'une seconde, plongea son regard angélique dans le sien. Si des yeux purent un jour se muer en mots, ce fut en cet instant.

Ne faites rien, ne vous mêlez pas de cela, je vous en conjure, Lorenz, cela n'en vaut pas la peine, le suppliaient les prunelles saphir.

À ce regard, Lorenz obéit.

Pour ces beaux yeux, il rendit les armes.

Pour cette supplique muette, il resta là, inerte, défait.

Alors les curieux se dispersèrent.

Alors Sandro rejoignit Osborne, qui l'enveloppait déjà d'un sourire salace.

Fulgurance de l'obscène. Dérisoire sentiment d'injustice. Le rideau venait d'être tiré sur cette scène sordide sans que nul s'en émût.

Lorenz se retrouva seul dans le couloir déserté. Malgré lui, il étrangla un râle d'agonie.

D'un geste brusque, il plaqua une main tremblante sur sa poitrine et froissa de son poing crispé le lin de sa chemise. Il lui semblait que son cœur venait de lui être arraché. La douleur était atroce. Jamais de sa vie il n'avait connu pareil sentiment d'impuissance.

« Cette main qui tient si bien l'archet et cette bouche que je crois habile. »

Ces mots monstrueux. Ces mots pétris de dépravation. Cet homme avait dit... il avait suggéré... que la main de Sandro, que sa bouche...

Lorenz s'écroula dans une alcôve, le visage dans les mains, la raison chancelante. C'était ignoble d'imaginer, de concevoir… mais les images venaient à lui comme un essaim de frelons. Ce satyre lubrique cherchant d'un geste gourd à se déboutonner. Son vit encore flasque s'animant des soubresauts de la luxure lorsque Sandro, à genoux, en approcherait les lèvres. Ses lèvres délicates, forcées, contraintes, une main agrippant sa nuque, sa gorge subissant l'outrage et ses yeux, mon Dieu, ses yeux noyés de larmes ! Lorenz gémit, l'âme en lambeaux.

Que le Ciel me vienne en aide. Oh, donnez-moi la force, mon Dieu.

Il allait devenir fou, il allait monter éviscérer cet homme, il allait égorger cette femme, il allait…

Sa résolution fut prise.

Non, lui vivant, il ne pouvait laisser faire une telle chose !

Tel un dément, il bondit sur ses pieds et courut vers l'escalier où il avait vu disparaître son ange au bras du diable.

SCÈNE III

(Au pied de l'escalier menant à l'étage de la riche villa florentine. Une statue représentant une monumentale Melpomène occupe tout l'espace central, avec son masque hurlant qu'elle tient à pleine main : elle est effrayante. Notre héros, en la voyant, a un temps d'arrêt avant de monter l'escalier.)

L'immense muse de la Tragédie stoppa Lorenz dans sa course.

La statue le toisait du haut de ses quatre mètres, hiératique et drapée de marbre rose, la face figée dans un rictus d'effroi. Lorenz la dévisagea, avala sa salive, inquiet de ce signe funeste, mais, résolu pourtant, il gravit les premières marches.

Un appel interrompit son élan :

— N'allez pas plus loin !

L'ordre clair d'où perçait une pointe d'angoisse lui sembla venir de la statue elle-même. Il se tourna vers elle, croyant sa raison perdue. Cependant, ce fut une jeune femme bien réelle qui apparut de derrière le piédestal : Lucia.

— Vous !

— Je vous en prie, n'y allez pas, vous ne feriez qu'aggraver les choses.

— Je ne peux le laisser ainsi être sacrifié à ce débauché...

— Bien sûr que vous le pouvez. Vous le devez et vous le ferez. Les êtres comme lui, les êtres comme nous, ne sont pas de ceux pour qui l'on joue son honneur et encore moins sa vie.

— Un être comme lui mérite dix de mes vies et chaque parcelle de mon honneur.

— Par le Ciel, vous l'aimez ?

— Pour mon malheur, mademoiselle, je le crains. Bien que, ce matin encore, je ne croyais qu'en l'art.

— Vous ne le connaissez pas. Il y a quelques heures à peine, il vous était inconnu.

— Vous avez raison. Est-ce de l'amour ou bien n'est-ce qu'une chimère ? Je ne reconnais plus mon cœur. Il me semble que la folie en fait son jouet. Depuis cette rencontre, je ne sais plus vers où ma foi navigue.

Lorenz tourna un regard anxieux vers l'étage. Il fallait qu'il monte au plus vite rejoindre Sandro qui, là-haut, était à la merci d'Osborne. Lucia s'approcha et tendit une main délicate qu'elle allait pour poser sur son épaule. Lorenz, dont les nerfs étaient à vif, ne put réfréner un mouvement de recul. Comprenant que la douceur serait sa seule arme, la jeune femme se donna une attitude plus retenue et prit la voix de la compassion :

— Ne montez pas. Ce que vous trouverez là-haut vous fera souffrir et ce n'est pas ainsi que vous le sauverez. Épargnez-vous cette peine cruelle.

— M'épargner ? Je souffre déjà et je le sauverai, quoi que cela me coûte !

Lorenz était décidé, il avait bien trop attendu. Il fallait au plus vite qu'il… ! La belle Florentine lui attrapa le poignet et le maintint avec fermeté, mais sans brutalité aucune. Lorenz tourna vers elle un regard suppliant.

— Lucia, je vous en prie ! Lui, là-haut, proie de cet homme et moi qui l'abandonne. Je dois… Je ne peux…

— Vous l'aimez, oui, vous l'aimez, je le vois ! C'est ce que je craignais, c'est ce que j'espérais… Mais ne montez pas, ce n'est pas ainsi que vous pourrez l'arracher à ce monde. Je sais, moi, comment faire. Prenez un instant pour m'écouter.

À cette phrase, Lorenz lui accorda enfin davantage de son attention.

— Vous m'avez suivi, n'est-ce pas ? Vous semblez avoir déjà arrêté toute une manigance. Ah, Lucia, je crains de voir en vous une intrigante, et pourtant, c'est son innocence que je reconnais dans vos yeux et qui me pousse à vous faire confiance. Qu'êtes-vous pour lui, *signorina* ?

— Sandro est mon frère, je suis son ainée de deux ans. Oui, je vous ai suivi, et même, je vous attendais. Je dois vous avouer que des remords me tiraillent. J'ai manqué à mes devoirs de sœur, je n'ai pu protéger Sandro comme je l'aurais voulu. Mais sachez que je ferais tout pour le sauver. Laissez-moi vous aider à devenir celui qui le tirera de cette vie de tourments.

— Comment, alors ? Par quel miracle ? Confiez-moi vos armes, que j'en dispose à l'instant.

Lucia lui prit les mains avec ferveur.

— Il vous faudra patience et courage, mais surtout : de l'argent, beaucoup d'argent.

Elle lui donna un montant, faramineux.

Lorenz eut un hoquet de dépit. Il repoussa les mains de la jeune femme. L'argent, bien sûr. Fils de manufacturier, il connaissait la valeur d'une telle somme. Il n'était pas de la race de ces nobliaux en goguette qui dilapident la fortune paternelle à tort et à travers et s'étonnent au bout de six mois de se retrouver sur la paille. Les Binckes avaient su investir dans le commerce du drap, d'abord en Hollande, d'où étaient originaires ses ancêtres, puis en Prusse, et enfin en Autriche ; mais la légende familiale racontait que ses plus lointains aïeux avaient été marins, domestiques, gens de ferme. On disait aussi qu'ils ne devaient d'être sortis de la misère qu'à la générosité d'un riche excentrique et à la volonté de fer de son arrière-grand-mère, Lisa. La misère n'était pas une menace que l'on prenait à la légère dans sa famille. Ses parents avaient connu les ruines et les massacres des guerres napoléoniennes. Bien des fois son père et ses oncles avaient dû reconstruire, rebâtir, repartir au labeur pour sauver leur famille de la faillite. Lui-même n'avait pas connu cette angoisse-là, mais on lui avait inculqué, très jeune, le respect du travail, de l'économie et de l'abnégation.

— *Signorina*, si c'est un chantage, alors je ne… !

Il s'interrompit.

La somme que réclamait Lucia avait quelque chose d'indécent au regard de son éducation et, pour autant, il ne lui semblait pas que cela fût cher payé pour libérer Sandro du joug de la prostitution. Pour ne pas devoir le perdre, pour ne pas l'abandonner à la rue et à ses violences, il serait descendu jusqu'à supplier, jusqu'à se battre ; alors, donner une fortune, pourquoi pas ?

— Mais qu'allais-je dire ? Même si c'était un chantage, je vous aurais payé, avoua-t-il d'une voix étranglée.

Lucia fut émue du trouble de cet homme ainsi que de sa droiture. Il avait une belle âme, elle pouvait le deviner. Lui mentir serait un crève-cœur, et pourtant elle n'avait pas le choix.

— Non, détrompez-vous ! Cet argent, je n'en veux pas, il sera pour lui, il sera pour vous deux. Cet argent rachètera sa liberté et vous vous enfuirez ensemble !

— Racheter, mais à qui ? À cette femme ? Qui est-elle ?

— Je ne peux pas vous révéler ce secret, mais vous l'apprendrez bien assez tôt, trop tôt sans doute. Laissons cela. À présent, partez, quittez ces lieux. Il le faut pour le sauver.

— Je ne peux pas le laisser entre les griffes d'Osborne !

— Il est déjà trop tard et vous n'y pouvez rien. Si vous tenez parole, vous ferez de cette épreuve la dernière que mon frère aura à subir. Partez !

Lorenz n'osait tourner les yeux vers l'escalier et son étage honni. Fuir pour assurer un avenir incertain ? Combattre pour l'honneur en sachant cela vain ? Les questions étaient des lames assaillant son cœur exalté. Faire le bon choix était-il possible en de telles circonstances ? Il en fit un, pourtant, qui laissa son âme déchirée.

— Lucia, je vous obéis, mais c'est au prix de m'arracher le cœur. Donnez-moi un espoir, un seul : si je m'en vais maintenant, où retrouverai-je Sandro ? Quand ?

Lucia se mordit les lèvres et prit quelques secondes de réflexion. Il fallait faire vite, car il existait un risque. Ce Lorenz, tout amoureux qu'il semblait être, pouvait bien changer de lubie, perdre patience, décider que, finalement, un giton en valait bien un autre. Qu'en savait-elle ; les hommes n'étaient-ils pas tous les mêmes : inconstants ? Elle devait le faire patienter, lui donner de quoi alimenter sa flamme.

— Ce soir. Soyez au pied du campanile de Giotto[36], à l'heure où sonnent les vêpres[37]. Il vous trouvera là et vous suivra. Mais ne lui dites rien de notre entente pour le sauver, faites-lui croire que vous n'êtes que son client pour la nuit. Il ne doit rien soupçonner. Donnez-lui l'argent et je m'occuperai du reste.

Lorenz la dévisagea, circonspect.

— Lucia, je n'aime guère à faire tant de mystères. Pourquoi dissimuler la vérité à Sandro ?

— Il ne doit rien savoir, sinon vous le perdrez. Il est trop loyal envers *Elle*, il refusera de la trahir, quitte à se condamner

---

36 Le *campanile* de Giotto est la tour *campanile* de la cathédrale Santa Maria del Fiore, la cathédrale de *Florence,* située au centre de la ville. Cette tour se trouve un peu séparée de la cathédrale elle-même et jouxte un baptistère décoré de la même façon.

37 Les vêpres désignent le moment d'un office religieux et correspondent à la prière chrétienne du soir. Elles marquent la fin de l'après-midi et le début de la soirée. Dans les monastères, elles sont généralement célébrées entre 18 et 19 heures.

à une vie de misère. Payez-le le prix que je vous ai donné, cette somme fera sa libération, je vous le jure.

— Soit, je m'en remets à vous et je vais faire de mon mieux pour lui dissimuler la vérité, bien que cela aille contre mes sentiments. Mais vous, qu'allez-vous dire à sa tourmenteuse ? Vous croira-t-elle ?

— Je broderai une histoire. Je saurai *la* convaincre et Sandro, je vous le promets, vous rejoindra ce soir. Gardez-le auprès de vous cette nuit et attendez de mes nouvelles au matin, je vous écrirai. Maintenant, partez !

Le souffle retenu, Lorenz fixait la jeune femme avec une telle intensité que celle-ci en frissonna.

— Mais pour m'écrire, comment saurez-vous où je réside ?

— Cette ville s'ennuie tant que la moindre rumeur fait office d'événement, et je sais déjà tout de vous, *signore* Binckes, « sculpteur en devenir ».

Lorenz reconnut aussitôt les mots employés par Sandro.

— Ainsi il vous a parlé de moi ! Est-ce ainsi que vous avez pu me reconnaître et me suivre ? Il vous aura fait une description à ce point précise que… Est-ce un signe qu'il aurait pour moi des sentiments qui… Oh, mon cœur s'emballe à cette idée et cela seul devrait m'alarmer, Lucia, car, gardienne de ses confidences, vous avez sur moi tout pouvoir, tandis que je ne sais rien de vous. Tant pis, Dieu aura voulu que je remette ma vie entre vos mains, je ne puis plus me dédire. Je m'en vais donc et vous laisse seule maîtresse de mon destin, déclara-t-il dans un élan d'exaltation.

Après un dernier regard vers l'étage de la villa, il renonça à monter les marches et se résigna à partir. La belle Florentine le regarda s'enfuir par le couloir aux alcôves.

Il courait, ce fou d'artiste !

Quand il eut disparu, Lucia s'autorisa un soupir désolé.

— Hélas, pauvre Lorenz, c'est un pari osé que je fais sur la foi de votre amour et je sais déjà que trahir votre confiance sera un forfait que Sandro aura bien de la peine à me pardonner. Mais pour nous sauver en dépit de lui, je suis prête à cela.

Dans la tragédie classique :
Au troisième acte, les protagonistes cherchent une solution au drame. Tout paraît encore possible…

SCÈNE PREMIÈRE

(Place du Duomo, au cœur de Florence. Lorenz fait les cent pas devant l'église Santa Maria del Fiore. Les cloches ont fini de sonner depuis plusieurs minutes. Les lieux sont désertés par les passants. Quelques attelages circulent.)

Sous le soleil déclinant, le campanile de Giotto ressemblait à une tour de porcelaine. Les carreaux de marbres dont il était couvert, mosaïque de blancs, de verts et de rouges, resplendissaient d'un éclat chatoyant. Sur les pavés de la place, le bruit des sabots des chevaux résonnait en écho aux derniers coups de cloches des églises alentour. Les calèches des riches Florentins passaient sans s'arrêter, leurs occupants étaient attendus sur le *Cascine*[38] en périphérie de la ville. Ils y trouveraient fraîcheur et aimable compagnie, ce dont la vieille ville, écrasée de chaleur, ne disposait pas.

Lorenz était rongé par l'anxiété. Le remords de n'être pas allé lui-même arracher Sandro aux pattes de son client lui tenaillait les tripes.

Et si Sandro ne venait pas ? Et si Lucia avait échoué ? Pire ! Peut-être avait-elle menti ? Elle et cette femme en jaune se seraient jouées de lui, lui l'artiste candide, l'étranger naïf que l'on renvoie habilement pour éviter le scandale. Et si Sandro et sa sœur l'avaient adroitement manipulé pour le dépouiller ? Nikolaus le répétait sans cesse : amour rimait souvent avec aveuglement. Dans la patrie de Casanova, il n'était pas rare que les romances tournassent à l'arnaque et aux règlements de comptes par trahison de l'un ou l'autre parti. Et que dire des amours masculines ? Le chantage y était monnaie courante et les dettes d'honneur se réglaient souvent par des duels sanglants. Lui et sa satanée naïveté chevaleresque faisaient une proie facile. Pourtant, au plus profond de son cœur, il ne pouvait croire en la duplicité de Sandro. De sa sœur, peut-être – elle était femme[39] et

---

38 Le *Cascine,* ou *parc des Cascine,* tire son nom des anciennes fermes grand-ducales (les *Cascine*) construites à cet endroit. Plusieurs touristes de l'époque (comme Alexandre Dumas ou le baron Thouin) décrivent les grandes allées de ce parc situé au bord de l'Arno que fréquentent dès 18 heures l'été tous les riches Florentins. Ils viennent y discuter, parader, et même tenir salon dans leurs luxueux carrosses.
39 La femme de l'époque romantique est un péril terrifiant d'après les écrivains de l'époque ! Vierge et pure, elle fait succomber les poètes qui y perdent leur talent dans un mariage engourdissant. Belle et courtisane, elle ensorcelle les naïfs, les menant jusqu'au suicide !

courtisane, après tout –, mais de ce jeune homme aux yeux si purs : impossible.

Prends garde, lui murmura sa raison, *car, pour sauver ce garçon, c'est ton âme que tu aurais donnée. On t'aurait dit « saute » et tu l'aurais fait.*

C'était vrai. Était-ce l'atmosphère langoureuse de cette ville ? Ou quelque sorcellerie ? Oui, il aurait sauté.

Pour preuve : cette odieuse mascarade à laquelle il avait accepté de se prêter. Où était sa conscience, sa fierté ? Mentir. Jouer le rôle ingrat du client. Lui, le miché ? Lui, le jouisseur ? Lui et ses grands principes jouant à celui qui paye pour profiter de l'innocence asservie, celui à qui l'on se soumet avec répugnance ? Absurde ! Que Sandro le vît ainsi avait quelque chose d'écœurant.

Lorenz tournait et retournait cette fable dans sa tête depuis une heure sans parvenir à concevoir de traiter Sandro tel un vulgaire tapin. À bout de raisonnement, il finit par se promettre de tout faire pour que le jeune Florentin ne se sentît pas un instant contraint. Prendre le nom de client, oui, mais à la seule condition qu'il ne le pousserait en rien. Il le laisserait seul maître de cette soirée et de cette nuit. Il saurait être l'hôte le plus courtois et ferait de Sandro l'invité respecté. Plus que cela, même ! Il se voyait déjà à ses pieds comme à ceux d'un dieu païen. Un Mercure, un Apollon, l'un de ces beaux éphèbes vénérés par les lointains ancêtres des gens de cette contrée.

Lui un client ? Jamais ! L'abuser, l'asservir ? Jamais ! Il ne saurait en être question.

La tête lui tournait.

Lorenz, tu es fou ! Comment peux-tu laisser une si brève rencontre t'égarer à ce point ? Et ton avenir, alors ? Et ta vocation d'artiste ?

Ah, cette fois, c'était la voix de Nikolaus qu'il lui semblait entendre ! Drôle de voix pour être celle de la Raison. Ainsi, Sentiments et Raison se disputaient son âme.

Taisez-vous ! protesta-t-il intérieurement.

Son esprit virait à la cacophonie.

— Taisez-vous ! Tout cela, je le sais, et je n'y peux rien, alors cessez de me tourmenter, finit-il par s'avouer tout haut, les yeux tournés vers le ciel où le soleil agonisait lentement dans une dernière splendeur de lumière.

Lorenz soupira. Furieux contre lui-même.

Allons. Commencer par se calmer et laisser agir dame Fortune, bien que lui faire confiance ne soit pas chose aisée.

Il finissait à peine de se morigéner qu'il vit venir à lui l'objet de ses pensées. Un soupir de soulagement lui échappa.

— Vous êtes venu, dit-il d'un air un peu niais, n'osant y croire encore, tout ébahi qu'il était de le trouver là, alors que, dans son tourment, il avait presque fini par se croire dupé.

Cependant, c'était bien Sandro qui arrivait. Le jeune Florentin s'était changé. Il était à présent habillé d'une ample tunique et de pantalons courts. Ses joues rosies trahissaient qu'il avait couru, croyant peut-être être en retard. Son beau visage pourtant si expressif était un masque d'incrédulité.

— Lorenz ? Vous ? Vous êtes celui qui… pour une nuit m'a… acheté ? commença Sandro d'une toute petite voix. Mais pourtant… je croyais que pour vous, je n'étais pas un… balbutia-t-il, avant de se taire.

Il semblait surpris au-delà du raisonnable. Devant ce regard désappointé, Lorenz eut quelques peines à retrouver son rôle, celui du riche et dispendieux micheton qui paye grassement une nuit de débauche.

— Je… Eh bien, oui, tel que vous me voyez, je suis votre rendez-vous pour cette nuit ! déclara-t-il.

« Rendez-vous » était un mot quelque peu ridicule dans la circonstance, mais tout autre qualificatif plus précis ou plus grossier ne put s'arracher à ses lèvres.

Sandro le dévisagea pour un instant encore et, se reprenant, partit soudain d'un grand éclat de rire qui sonna affreusement faux aux oreilles de Lorenz.

— Fort bien, fort bien. De loin, vous paraissiez tourmenté. Si ma compagnie vous soulagera, hélas, de votre bourse, je gage qu'elle vous soulagera plus efficacement encore de vos tracas, jeta-t-il avec un clin d'œil. Du moins pour cette nuit.

Un sourire-carapace venait de prendre place sur le charmant visage de Sandro tel un maquillage grossier sur celui d'une fille de joie. Cet air égrillard le faisait ressembler à un bardache de taverne. Lorenz se renfrogna, rebuté par cette vulgarité qui allait si mal avec l'image de pure innocence que lui inspirait le jeune homme.

Sandro, voyant à la mine de l'artiste que sa paillardise de façade n'était pas appréciée, étouffa ses manières arrogantes. Son sourire s'émoussa sensiblement.

Il n'osa plus parler et Lorenz se sentit gagné par la honte. L'un et l'autre n'avaient visiblement aucun talent pour la mascarade. Le mensonge leur pesait.

— Marchons un peu, voulez-vous ? proposa Lorenz.

Sandro opina et le suivit, mutique.

— La soirée est belle, hasarda le sculpteur après quelques pas.

— En effet, lui répondit Sandro.

— La chaleur ne s'estompe guère, ajouta Lorenz.

— Le mois de juin à Florence est ainsi.

Après cet échange navrant de banalité, les deux hommes se turent, penauds.

Sandro en était mortifié. Quelle conversation ! C'en était ridicule. Et puis aussi, quelle situation incongrue ! Cet homme, cet artiste, ce chevalier exalté qui ce midi encore était tout prêt à le sauver, devenu un client, rien de plus. Quelle terrible punition. Sandro s'imagina que c'était de s'être fait humilier en public qui avait rendu Lorenz amer et revanchard. Pourquoi l'avoir demandé pour une nuit ? Pourquoi payer si cher ? Qu'exigerait-il de lui ? Quelle sombre perversion cachait le sourire timide qu'il entrevoyait au coin de ce regard intense ? Car le sculpteur ne cessait de se tourner vers lui, comme pour vérifier qu'il était bien à ses côtés, qu'il n'était pas une brume, un rêve ou une apparition. Trop de questions et de mensonges faisaient entre eux un rideau de fumée. Un triste jeu de mascarade baignait leur relation.

Ils arrivèrent sur la place du Palazzo Vecchio, plus forteresse que palais, qui couvait de son ombre les chefs-d'œuvre sculptés déposés à ses pieds avec indolence. Cela formait comme un musée de plein air. L'une des statues les plus imposantes arrêta Lorenz, qui trouva là enfin une excuse pour rompre la gêne qui empoissait son esprit.

— Ce *David* est superbe et Michel-Ange, un génie[40], ne trouvez-vous pas ?

— Est-ce le genre de plastique que vous appréciez ? commenta Sandro en avisant les muscles saillants du personnage biblique.

— En sculpture, j'aime les lignes puissantes. Pourtant, si vous me demandez mes goûts, alors je vous dirai qu'il y a quelque chose dans l'art de Michel-Ange qui m'évoque une certaine souffrance. Ces corps sont contraints par une telle rage que c'en est effrayant. Ils semblent vouloir s'arracher à la pierre. C'est beau, génial, même, mais un tel manque de liberté est inquiétant. Et vous, qu'en pensez-vous ?

— Leur lutte me touche, et leur servitude m'est familière. Mais je soupçonne en revanche qu'à vos yeux...

— À mes yeux ?

— Eh bien, il va sans dire qu'une vie comme la vôtre ne doit pas souvent s'enlaidir de contraintes, alors j'imagine que pour vous le joug de la servilité est bien repoussant à voir, surtout lorsqu'il est représenté avec une telle vérité. L'esclavage n'est guère séduisant quand on y regarde de trop près, ne put s'empêcher de rétorquer Sandro.

Il se reprit bien vite, surpris lui-même de ce fiel qu'il ne se connaissait pas.

— Pardonnez-moi, je ne sais ce qui m'a traversé l'esprit, corrigea-t-il en baissant les yeux.

Lorenz se figea. Son regard, pénétrant, s'emplit d'une profonde tristesse. Après un silence respectueux, il s'approcha de Sandro et posa sa main sur son épaule dans un geste de réconfort. Le jeune homme eut un frisson, puis, après avoir ravalé son amertume, il déclara :

— Allons, oubliez ces mots. Ce n'est pas pour me voir ruminer que vous allez payer si cher cette nuit passée en ma compagnie. Continuons, j'ai grand-hâte de découvrir votre demeure.

---

40 Le célèbre *David* de Michel-Ange était placé à l'air libre sur cette place pour le plaisir de tous. En 1873, on décida de le remplacer par une copie et de mettre l'original à l'abri dans la Galleria dell'Accademia.

Lorenz n'ajouta rien. Il opina simplement et les deux hommes reprirent leur chemin. Ils traversèrent ainsi la ville côte à côte dans une sorte d'intimité timide. Florence, vrai tombeau des siècles morts, laissait inlassablement couler à ses pieds le temps et les pensées dans une indolence comateuse. Les rues, pleines de grandiose et de mélancolie, se prêtaient à la flânerie. Pourtant, n'osant briser leurs rôles respectifs, Sandro et Lorenz peinaient à retrouver la douce connivence qui les avait tant attirés l'un vers l'autre au matin. Seules quelques remarques candides accompagnèrent leurs pas, et c'est encore englués dans la boue du mensonge qu'ils arrivèrent enfin à la villa des hauteurs où logeait Lorenz.

SCÈNE II

(La cour d'une petite villa, tout envahie de fleurs. Là, les plantes grimpantes sont maîtresses des colonnes, des façades et des balcons. Il règne une atmosphère bucolique et modeste qui forme un contraste saisissant avec la demeure où se tenait le concert une heure plus tôt).

C'était l'Angélus[41] qui sonnait lorsque les deux hommes arrivèrent à l'entrée de la villa dominée par un bouquet de grands pins maritimes. Florence allait s'engourdir pour une heure dans sa religiosité. Le tintement de la cloche, rappel écrasant de la pieuse Morale, vint alourdir les pensées de Lorenz. Une vive anxiété, aussi soudaine qu'irrépressible, gagna son esprit. Le cœur battant, il ouvrit pour Sandro la lourde porte en bois à la peinture écaillée qui donnait sur une petite cour intérieure. Qu'allait penser le jeune modèle de son lieu de vie ?

Jadis majestueuse, cette villa laissait depuis des décennies le temps la décrépir. La pierre tenait bon, mais pour combien d'années encore ? La demeure se transformait en ruine romantique. De l'avis de Lorenz, son charme n'en était que plus grand.

Ils pénétrèrent dans la cour. Héritière des atriums antiques, elle était d'une élégante proportion. Trois de ses côtés se bordaient de fines colonnes en marbre rose que surplombaient des balcons en terrasse garnis de fleurs et de vigne vierge. Leurs couleurs chatoyantes débordaient en cascade le long des balustrades. Un lourd escalier de pierre sculpté d'armoiries grimpait sur le mur nord vers les chambres et les appartements où logeaient les locataires. Il s'agissait le plus souvent d'étudiants et de touristes formant une joyeuse communauté de cultures disparates sans cesse renouvelée. Au centre de la cour elle-même, pavée de mosaïques usées par les siècles, trônait un large bassin d'eau fraîche nourri par une fontaine. Quatre beaux lauriers-roses en pot, dont les fleurs exhalaient un parfum de miel, finissaient l'ornementation de cet éden baigné de lumière, qu'il était assez fier de pouvoir montrer à son invité.

Et pourtant, aux yeux de Sandro, l'antique escalier dévoré de lierre ne ferait-il pas l'effet d'un repoussoir ? Cette cour trop champêtre sentait le manque de luxe, et si c'était par cupidité

---

41   L'Angélus est une prière quotidienne chrétienne. Elle est sonnée trois fois par jour. Les heures de prière de l'Angélus correspondent généralement à sept heures, midi et dix-neuf heures. Dans une société sans horloge individuelle, cette annonce rythme la vie au travail.

que le jeune prostitué avait accepté de venir jusque-là, alors sur ses traits se lirait le dédain qu'il dissimulerait bien vite par un enthousiasme feint, une grimace hypocrite de mauvais courtisan. Lorenz laissa son invité le précéder dans la cour et, la boule au ventre, observa la moindre de ses réactions. Il guettait, à son cœur défendant, la tombée du masque. Peine inutile, car pas un geste ne vint conforter ses doutes. Pas une fois, et mieux encore : Lorenz se trouva même davantage ensorcelé à le voir évoluer dans la vénérable demeure.

Sandro entra dans ce lieu comme on va au tombeau des saints, le visage respectueux empreint d'une grande mélancolie. Il frôla de la main l'une des colonnes de marbre et ce geste rappela à Lorenz celui que faisait son père lorsqu'il passait autrefois sa paume, avec humilité, sur les métiers à tisser les plus anciens de l'usine, ceux qui ne servaient plus.

C'était le geste de la nostalgie, la marque du respect pour le souvenir de ce que l'on a abandonné au passé. De l'élégance et de l'humilité, chez un gamin qui se vendait au commerce de chair, quelle énigme que ce jeune homme ! Il n'était pas difficile de deviner, au charme de ses manières, à sa culture, à son attitude tout entière, qu'il était loin d'avoir toujours vécu dans le dénuement où Lorenz l'avait trouvé. Il était à n'en point douter le produit d'une éducation élevée jeté pour une raison mystérieuse en pâture aux tourments de la misère. Lorenz espérait parvenir à obtenir sa confiance et l'amener à se livrer. Il avait soif de connaître davantage de son histoire. Il souhaitait ardemment être son confident, son ami, mais ne savait comment vaincre ses réticences.

Comment faire quand, depuis le début, et c'était légitime, Sandro s'obstinait à ne voir en lui qu'un client à satisfaire. Lorenz soupira, puis se décida enfin à quitter ses réflexions pour rejoindre son invité.

Sandro s'était assis sur le rebord en pierre du bassin, sa main jouant à frôler la surface de l'eau claire. On aurait dit un faune, ou quelque sylve, avec ses cheveux ébouriffés, sa tunique simple découvrant sa gorge et ses bras, son pantalon court tombant à mi-mollet et ses sandales à lanières. Sa peau cuivrée semblait auréolée par la lumière dorée de cette fin d'après-midi. Lorenz était tout bonnement subjugué.

Sandro plongea sa main dans l'eau, et s'en aspergea le visage et la nuque, puis les bras. Certainement pour en chasser la poussière des rues et se rafraîchir. Lorenz s'approcha de la fontaine et Sandro, qui avait dû l'entendre, se tourna vers lui. Son visage, sa bouche, ses cils étaient irisés de gouttelettes d'or, achevant de rendre sublime le tableau qu'il offrait à la vue du sculpteur. Lorenz sourit, profondément attendri.

Quand, soudain, d'un geste vif, Sandro l'éclaboussa d'eau tout en riant. L'artiste ne put s'empêcher de prendre un air ahuri. Il avait été surpris, davantage par les éclats de ce rire spontané que par l'eau qui lui gouttait maintenant du nez et du menton. Il se reprit, s'ébroua et, gagné comme un enfant par le jeu, projeta à son tour une large brassée d'eau à Sandro, qui sursauta pour l'éviter en partie.

Pas effrayé pour un sou, le jeune Florentin contre-attaqua cette fois en plongeant les deux mains dans la fontaine et en inondant littéralement Lorenz d'eau fraîche. L'artiste se jeta alors sur lui. Il le saisit par la taille et, alors qu'il se débattait comme une anguille, le lâcha dans le bassin. Celui-ci n'était pas profond, à peine un mètre, peut-être, et Sandro refit surface presque immédiatement, les cheveux dégoulinant sur le front, les poings serrés et les yeux lançant des éclairs. Une seconde plus tard, Lorenz était lui aussi dans le bassin. Il venait d'y être projeté par une prise ferme et imparable. Il se releva en toussant, un peu sonné. Sandro avait bien plus de ressources qu'il n'y paraissait, et cela n'était pas pour déplaire à Lorenz, qui lui sauta dessus pour lui rendre la pareille.

Ils jouèrent à se battre ainsi, comme deux gamins des rues, éclaboussant d'eau claire toute la cour, noyant les mosaïques. Leurs rires rebondissant sur les vieux murs firent s'envoler les oiseaux qui somnolaient sur les balcons. Au bout de plusieurs minutes, Lorenz finit par prendre le dessus, non sans mal, ou du moins le crut-il, car Sandro lui échappa une nouvelle fois et sortit du bassin d'un bond, le laissant haletant, les deux mains appuyées sur le rebord de pierre.

— Alors, vous avouez-vous vaincu, *signore* ? lança-t-il, les poings sur les hanches et la voix teintée d'une arrogance juvénile.

Vaincu, Lorenz l'était, de toutes les façons qu'il fût possible de l'être. Vaincu par l'énergie brûlante qui émanait de ce garçon, vaincu par son regard de défi, vaincu par son corps vibrant qu'il voyait palpiter sous les vêtements que l'eau collait à sa peau, vaincu par le désir qui lui vrillait l'échine après avoir senti sous ses doigts rouler ses muscles vifs.

Lorenz sortit de l'eau. L'esprit embué par un trop grand désir, il ne chercha pas à dissimuler l'érection naissante qui tendait visiblement le tissu trempé de son pantalon. Il s'approcha lentement de Sandro ; celui-ci soutint son regard avec aplomb. La cour paraissait étrangement silencieuse, baignée de cette chaleur d'été qui alourdissait l'air.

Il s'approcha encore et les deux hommes finirent par se trouver face à face. Leurs respirations profondes, leurs souffles qui soulevaient leurs poitrines à l'unisson, les yeux de Sandro qui brillaient d'un tel éclat qu'ils semblaient faits d'agate bleue, ses lèvres rouge vif mouillées d'eau ; le tout était d'une sensualité violente.

Lorenz déglutit, il ne trouvait plus ses mots, il avait soif, soif de lui. S'il osait bouger un muscle, à présent, il n'était pas certain de pouvoir retenir ses instincts.

Mais il n'eut pas à faire preuve d'initiative, car Sandro vint se plaquer contre lui et empoigna d'une main ferme son sexe érigé. Lorenz en hoqueta de surprise.

— Nous pourrions tout de suite passer à la vraie raison de ma présence en ces lieux, *signore* Binckes. Il est inutile que je vous fasse perdre votre temps en des jeux enfantins.

Lorenz se crispa. Ces mots, atrocement détachés de toute émotion, eurent sur son âme l'effet du contact d'une lame d'acier. Cette adorable légèreté qu'il avait cru partager avec Sandro quelques instants plus tôt venait d'être assassinée froidement. Il en avait oublié, durant une seconde, qu'il y avait de l'argent entre eux deux, que cet échange était tarifé.

Il était le client. Voilà, c'était son rôle, sa triste partition. Et celle de Sandro, hélas, était de ne trouver ni plaisir ni désir, rien qu'une corvée dans l'échange de caresses ou de fougueux baisers. Et lui qui, telle une brute, s'était permis de poser sur son invité un regard de prédateur, un regard qui laissait entendre qu'il voulait prendre possession de son dû. Ah ! Ce rôle lui allait bien, finalement ! Quelle meilleure façon de rappeler à Sandro combien il était soumis à cette perversion, dont il ne partageait sans doute pas une once, que de se montrer tel un fauve animé par le stupre ?

Lorenz serra les poings. Ce constat amer le remplissait d'une rage sourde.

Sandro s'écarta, méfiant, devant ce regard qui avait brutalement changé, passant du désir à la colère. Nombre de ses clients avaient eu par le passé de ces moments de rébellion contre leur propre perversion. Et lui avait fini par apprendre à anticiper la révulsion puis la violence de ceux qui, soudain, se voyant avec lucidité, voulaient se venger de leur vice sur l'objet tentateur. Lui-même, en l'occurrence.

Devant la vive inquiétude de Sandro, Lorenz se reprit aussitôt. C'était contre le sordide de leur situation qu'était tournée sa colère, pas contre celui qui n'en était que la victime. Il prit les deux mains du jeune homme dans les siennes et en embrassa les doigts trempés en fermant les yeux. Il inspira longuement pour diffuser son courroux et retrouver son calme. Il voulait parvenir à lui faire comprendre, lui montrer qu'il n'était pas qu'un micheton de plus qui userait de lui avant de le rejeter à sa ruelle. La mascarade devait continuer. *Elle*, cette *elle*, cette femme mystérieuse qui semblait tirer de bien noires ficelles, ne devait pas connaître son projet de sauver Sandro, car celui-ci lui était loyal. Alors il fallait mentir. « Patience et courage », avait dit Lucia.

Lorenz inspira et rouvrit les paupières, il était de nouveau calme et résolu à vaincre ce destin qui s'acharnait à torturer ses sentiments.

— Pardon de mon humeur. Vous devez me trouver bien versatile, reconnut-il.

— C'est que... Non, pardonnez-moi, je crains de ne pas vous plaire puisque vous n'avez de cesse de me repousser, confia Sandro.

— Vous me plaisez ! clama alors Lorenz.

Sandro sourit, flatté malgré lui de cette vivacité à lui répondre, et le sculpteur poursuivit en balbutiant :

— Vous me plaisez, soyez-en sûr, mais je ne suis pas...

Votre client, voulut-il dire. Il se rattrapa :

— Je ne suis pas un habitué de ce genre de transaction. Ma conscience est à la torture. Je me fais horreur de cet or entre nous. À mes yeux, Sandro, vous toucher, c'est profiter de vous.

Le jeune modèle se tint coi durant un instant. Il observait Lorenz, les sourcils arqués. Ces paroles étaient belles, certes. Mensongères, peut-être. L'expérience lui avait appris à se méfier.

— Si l'argent qui nous lie est un trop grand fardeau à votre conscience, payez-moi dès maintenant et ainsi vous serez débarrassé de ce scrupule qui retient vos élans.

— Je ne crois pas que cela suffise à apaiser mes craintes.

— Si ce n'est les vôtres, alors considérons que ce sont les miennes que cet or apaisera. Dans ma situation, il est toujours plus prudent de se faire payer avant que le client, repu, trouve à redire sur la composition des plats.

— Cette métaphore m'horrifie.

— Vous la préféreriez, croyez-moi, à une plus franche pensée.

— Je vous crois.

— Alors, me payerez-vous ? Ne tergiversons pas. Vous qui trouvez les contraintes bien laides, vous en serez libéré à peu de frais, si je puis dire.

L'ironie de la phrase était plus qu'évidente. Lorenz s'interrogeait. Était-ce un test, était-ce une façon de pousser l'insolence pour voir si derrière les belles paroles se cachait un cœur honnête ? Lorenz voulut croire à cette noble intention qu'il pensait deviner sous le couvert de la vulgarité. Il céda donc et, avec un doux sourire, conclut le marchandage :

— Soit. Suivez-moi.

Il ouvrit la marche vers le grand escalier conduisant à l'étage de la villa.

Sandro, sur ses talons, monta lui aussi les marches de pierre en songeant que les escaliers, bien souvent, ne menaient qu'à de désagréables moments.

SCÈNE 3

(Le cabinet de travail de l'appartement est situé à l'étage. La pièce est encombrée d'un fatras de meubles, de papiers et d'ébauches. On devine que Lorenz et son colocataire, Nikolaus, s'en partagent l'espace pour travailler.)

La soirée commençait à tomber sur Florence ; les rues, encore baignées d'une lumière déclinante, s'éveillaient à nouveau plus vivantes et plus bruyantes, peuplées des rires des Florentins profitant de la tiédeur pour sortir et se divertir. Il y avait des voisins, des familles et des domestiques dessous, dessus, et derrière les murs et planchers, tout un peuple que l'on devinait aux bruissements des voix venant des fenêtres ouvertes.

Les deux hommes s'étaient installés dans le cabinet de travail, après s'être sommairement séchés des effets de leurs ébats dans la fontaine. Lorenz, debout, encore vêtu de ses vêtements humides et ayant seulement ôté ses bottes, se tenait devant une console où trônait un petit coffre. Il l'ouvrit. S'y trouvait une bourse gonflée de pièces et de billets de change. Là était serré tout l'argent du loyer. C'était le trésor que leurs pères envoyaient chaque mois par l'intermédiaire d'un agent d'ambassade pour que lui et Nikolaus ne manquassent de rien et poursuivissent studieusement leur voyage d'études. Cet argent les faisait vivre.

C'était une folie qu'il s'apprêtait à faire. Et dire qu'il était celui qui ce matin encore jouait le vertueux, celui qui ne songeait qu'à l'art et qui ne tombait jamais pour de trop jolis yeux. Nikolaus allait l'étriper.

Lorenz se saisit pourtant de la bourse pleine ; son poing se crispa. Les pièces qu'elle contenait semblèrent lui brûler les chairs. Ce n'était pas la peur de rendre des comptes à son ami qui le faisait ainsi frémir. Non, il ne pensait qu'à Sandro et au destin cruel qui avait fait de lui un objet de luxure vendu au plus offrant. En lui donnant ce salaire teinté d'opprobre, Lorenz se sentait ramené au sordide de cette réalité, à mi-chemin entre la perversion et la charité, très loin des sentiments exaltés et de la passion pure qui le dévoraient. Leur relation en était souillée avant même d'avoir pu éclore.

Mais il ne pouvait se permettre de formuler tout haut cette pensée. Il ferma le coffret, se retourna et tendit à Sandro la bourse. Celui-ci la prit après un instant de réticence. Sans dire un mot, il remisa précautionneusement l'argent au fond d'une poche de son pantalon, puis vint s'asseoir sur une gracieuse méridienne couverte de velours sombre. Sandro était habillé de vêtements simples, dont la couleur encore mouillée d'eau avait pris des moirures foncées. Il jouait machinalement avec le lacet qui nouait le col ouvert de sa tunique et ce geste attira le regard de Lorenz sur la naissance de son torse. Sandro lui sourit pour encourager l'expression de ses désirs et le sculpteur se reprit aussitôt en détournant résolument les yeux.

— Ne pensez pas que vous me devez quoi que ce fût en retour de cet argent. De vous savoir ici m'est déjà très précieux, déclara-t-il.

Le ton de Lorenz était franc, ni hautain ni manipulateur. La tempérance incarnée. Sandro en eut un coup au cœur. Il se leva, honteux de son attitude tentatrice de pacotille.

Elle *a raison : je corromps tout ce que je touche*, pensa-t-il, mortifié et perdu.

Il venait d'être payé, mais pour quel rôle ? Si ce n'était pas pour être le tapin, alors pourquoi ? Il le savait, cet or, c'était bien trop, il ne méritait pas une telle fortune.

Je suis un scélérat, un voleur, je profite de lui. Lui qui ne me force pas, lui qui me repousse.

Il tressaillit, surpris par un frisson de dégoût pour lui-même.

— Vous avez froid ? s'inquiéta Lorenz en cherchant déjà dans le fatras les entourant de quoi lui couvrir les épaules.

Devant cette innocente sollicitude, Sandro corrigea immédiatement son attitude. Il se devait d'être plus aimable, plus digne également. Il devait à cet homme d'être pour les heures à venir un compagnon agréable. La tâche lui semblait d'une immense complexité. Être aimable, désirable, drôle ? Que faire, quel rôle interpréter ? Improviser. Il se dirigea vers un angle de la pièce encombré d'un monceau d'objets et lui répondit d'un ton badin, tout en fouillant dans les étagères :

— Vous aimeriez que je vous dise « oui » afin d'être contraint de venir me réchauffer.

Lorenz, d'abord désarçonné, comprit que Sandro lui offrait ce brin de légèreté en gage d'amitié.

— « Contraint » ? Le mot est un peu fort. Vous savez qu'avec les contraintes, j'ai peu d'aménité, lui renvoya-t-il.

— Je ne peux que le constater ! Ici, un cabinet de travail ? Avec un tel désordre ? Votre ami et vous ne semblez pas beaucoup vous soucier de vos affaires. Tout est couvert de poussière, commenta Sandro tout en promenant ses doigts sur le dos de livres entassés en piles branlantes sur une bibliothèque en partie écroulée.

— Nous avons loué cet appartement déjà meublé et l'accumulation des reliques dans cette pièce vient des locataires successifs. Il n'est pas dit qu'en cherchant on n'y trouverait pas des trésors, mais je n'ai pas encore pris le temps de m'y intéresser, expliqua Lorenz avec amusement.

Il vint se placer aux côtés de Sandro et se mit lui aussi à examiner le contenu de la bibliothèque. Placée très haut, un amoncellement de partitions en rouleau attira son regard et cela lui donna une idée. Il commença à se hisser sur la pointe des pieds pour venir les saisir. Il tira dessus. Malheureusement, ce geste dérangea l'équilibre instable de l'ensemble et fit soudain tomber tout le contenu de l'étagère. Il n'eut que le temps de pousser Sandro avant que les ouvrages chutassent au sol, entraînant les pièces d'un jeu d'échecs dont le plateau manqua de peu de l'assommer. Il se baissa immédiatement pour ramasser le chaos des feuilles éparpillées.

Sandro se précipita pour l'aider à réunir les pions, qui avaient glissés jusque sous une console recouverte d'une tapisserie poussiéreuse. Lorsque Lorenz se releva enfin après avoir récupéré le gros de ses maladresses, il se tourna vers Sandro et découvrit qu'il était resté à genoux, prostré devant le meuble bas. Il avait soulevé la lourde tenture tissée et regardait avec fascination un beau violoncelle[42] dissimulé derrière elle. Il effleura du bout des doigts le bois verni de l'instrument, décoré de délicates marqueteries.

— Sauriez-vous en jouer ? demanda Sandro, avec dans la voix un voile d'émotion qui émut Lorenz.

---

42   Le violoncelle ne commence à être un instrument apprécié par les élites qu'au début du XIXe siècle. Avant cela, on lui préférait la viole de gambe assez similaire dans sa forme. Avec les évolutions techniques de la fin du XVIIIe, le violoncelle gagne des adeptes et devient à la mode. La période romantique est son moment de gloire et des compositeurs créent des œuvres rien que pour cet instrument.

— Non, hélas. Nikolaus a trouvé cet instrument oublié dans une armoire à notre arrivée ici. Je n'ai aucun talent pour la musique, lui non plus. Mais vous… J'ai cru comprendre que vous aviez ce don, n'est-ce pas ?

— Moi ? Oh, c'était dans une autre vie, en des temps meilleurs. Le talent a tendance à se dissoudre dans le malheur, vous savez. À présent, je ne suis plus qu'un pantin dont on joue. Cet instrument entre mes doigts ne sert que d'élément décoratif, répondit Sandro en reposant la tapisserie sur le violoncelle.

Son visage s'était obscurci de mélancolie et Lorenz n'eut qu'un désir : chasser celle-ci très loin.

— L'archet se trouve dans le tiroir de la console. Peut-être accepteriez-vous de m'apprendre à jouer quelques notes ? proposa-t-il, enthousiaste à l'idée d'aller à la rencontre du passé de son invité.

— Je… Je ne sais pas si…

— S'il vous plaît, je ne serai pas un élève revêche, ajouta Lorenz avec une moue enfantine.

Sandro laissa échapper un petit rire et, après avoir poussé pour la forme un soupir d'agacement feint, il sortit avec précaution le violoncelle de sous sa cachette. Professeur de musique, c'était un rôle qu'il pouvait tenir sans difficulté, et la musique, un terrain qu'il maîtrisait.

— Très bien. Asseyez-vous là.

Il lui désigna fermement la méridienne. Lorenz s'assit sagement et regarda Sandro essuyer délicatement de sa manche la caisse de résonance, manipuler les chevilles et le chevalet pour retendre les cordes et pincer quelques notes pour en tester la justesse. Une fois ceci fait, Sandro vint lui poser l'instrument entre les jambes et lui tendit l'archet.

— Bien, essayez de jouer à présent, lui dit-il avec sévérité.

Lorenz le regarda, interloqué. Cette mâle assurance n'était pas pour lui déplaire, mais…

— C'est que… je n'ai jamais joué d'aucun instrument. Je ne saurais même pas comment me tenir.

— On dit que jouer du violoncelle, c'est comme caresser une femme, déclara Sandro.

Son sourire espiègle était revenu.

— Ah oui ? Et qui vous dit que cela pourrait m'aider ? grommela Lorenz.

Sandro lui répondit par un ricanement.

— Vous ne me ferez pas croire qu'un bel homme comme vous n'a pas déjà eu l'occasion de poser ses mains sur la croupe d'une femme.

— Et je pourrais me vanter en vous disant que oui, des dizaines de fois, mais cela ne m'avancerait pas davantage : je ne sais pas jouer de cet instrument !

Devant sa mine agacée, Sandro ne put réprimer un rire.

— « Pas revêche », n'est-ce pas ?

Lorenz grogna pour faire bonne mesure et Sandro vint lui reprendre un instant l'instrument des mains pour essayer de lui indiquer en quelques gestes comment se positionner.

— Bien, d'abord, il faut vous tenir plus droit, ainsi... et plus au bord de votre siège pour laisser le violoncelle trouver sa place entre vos jambes. Laissez reposer la « touche » sur votre épaule et l'archet... Non, pas comme ça... Hum... Attendez...

Soudainement, Sandro vint s'accroupir derrière lui sur la banquette et Lorenz se sentit comme un adolescent effleurant les jupons de sa gouvernante pour la première fois. Le rouge lui monta aux joues lorsque le souffle chaud de son professeur d'un jour caressa son cou nu. Il tenta de dompter les battements de son cœur tandis que Sandro lui prenait les mains pour les guider vers la bonne position.

— Détendez-vous, ce n'est pas un combat, mais une séduction. Vos épaules doivent être plus basses.

Il glissa ses paumes chaudes le long des biceps de Lorenz, qui tressaillit involontairement.

— Maintenant, amenez la volute au niveau de votre oreille. Voilà. Parfait. À présent, passez l'archet sur les cordes, continua d'expliquer Sandro d'une voix au timbre sage et patient.

Il prenait son rôle d'enseignant très au sérieux et Lorenz se fit violence pour retrouver une concentration respectueuse. Suivant les indications, il fit glisser timidement la mèche de crins tendus sur les cordes. Celles-ci vibrèrent et émirent un son pathétiquement strident. Lorenz ne put s'empêcher de grimacer. Il n'était assurément pas doué pour la musique.

Sandro enveloppa alors de sa main droite celle de Lorenz, qui tenait l'archet, et se rapprocha plus nettement de lui, son torse plaqué à ses omoplates, son visage tout contre son oreille. Les tissus trempés de leurs chemises se collaient avec indécence. Le sculpteur déglutit.

— Ne vous découragez pas, il faut avoir davantage confiance en vous. Tenez l'archet plus fermement, comme ceci.

Sandro guida sa main et l'archet vers les cordes, et cette fois le son produit gagna en harmonie. Lorenz sentit sa poitrine s'emplir d'une bouffée de fierté bien peu légitime, car il n'était pas pour grand-chose dans ce progrès, mais pour autant très agréable. Derrière lui, Sandro souriait. Des doigts de sa main gauche, il invita son élève à presser sur les cordes au niveau de la touche pour tenter de créer un son plus complexe. L'artiste essaya ce geste qui lui semblait simple. Hélas, la pression que les cordes exerçaient sur sa peau tendre était douloureuse et il se sentit très vite gauche à ne pas parvenir à appuyer assez fort. Et pourtant, sa pratique de la sculpture lui avait endurci les doigts. Insuffisamment, semblait-il. C'était assez frustrant et il ne put s'empêcher de ronchonner comme un gamin. Son jeune professeur, visiblement doué d'une patience d'ange, glissa ses doigts sous les siens.

— Les cordes sont tranchantes tant que l'entraînement ne vous a pas développé des cals aux doigts. Laissez les vôtres reposer sur les miens sans appuyer, ainsi vous suivrez les mouvements sans vous blesser les mains, et cela vous donnera l'impression de la musique, dit-il avec douceur.

Être à l'origine de la musique ! Lorenz était rendu muet par une fébrilité qui le gagnait rapidement à l'anticipation de sentir le son naître presque sous ses doigts. Et la proximité du corps de Sandro, la maîtrise mâle et sereine que celui-ci avait de son corps étaient également captivantes. Le jeune homme était littéralement drapé autour de lui, présence rassurante et étrangement familière.

Ils inspirèrent tous deux en même temps et, comme on se jette sur la piste de danse au bras d'un cavalier expérimenté, Lorenz se laissa emporter par le mouvement.

Les cordes s'animèrent d'une première vibration et le son emplit soudain la pièce. Lent et grave, il se prolongea, roula autour d'eux et plongea les lieux dans un autre monde. Puis il s'enfuit vers une autre tonalité plus haute, puis une autre encore, et bientôt se dessina toute une mélodie qui coulait, triste et belle, teintée d'une ampleur de sentiments incroyable. Cela battait au rythme du cœur et soufflait comme des respirations. Ce n'était pas un morceau connu, pas un de ces airs de la mode romantique[43] inlassablement joués dans les salons mondains.

Non, c'était tout autre chose. Lorenz ferma les yeux pour ne pas saturer ses sens ; son ouïe, fenêtre unique, devait s'ouvrir en cet instant. Il percevait toute l'intensité de Sandro dans la profondeur de sa concentration, dans la justesse de ses gestes. Par ses mains, il sentait vibrer la musique en lui. Le son, à lui seul, était merveilleusement évocateur. C'était une confession, un langage, une fenêtre ouverte sur l'âme du musicien.

Lorenz, en écoutant, se laissait emporter sur un chemin, le long du fil d'une vie avec ses moments de joie et ses drames qui apparaissaient, les uns après les autres, au gré des notes. C'était d'une beauté indescriptible, déchirante et gorgée d'espoir. C'était tout ce qu'était ce garçon : un paradoxe de force et de fragilité qui touchait au sublime. « Sublime », le mot était bien trop lyrique, mais aussi trop faible pour décrire la sensation déconcertante, terrible, qui venait de le saisir. Cette chute dans une sorte de vide terrifiant, cet envol vers une joie irrationnelle, cette certitude absolue, soudaine, d'appartenir à un autre, cet instant où l'on sait que l'on tombe amoureux. Amoureux de ce regard, amoureux de cette impertinence et de cette lumière, amoureux de ces larmes et de ce courage. Lorenz était tombé désespérément, irrémédiablement amoureux, pour la première fois de sa vie. C'était aussi foudroyant qu'indiscutable, violemment réel et prodigieusement exaltant. Son cœur avait chaviré pour un être

---

43 Chopin, Liszt, Brahms, Schubert et Schumann, les grands noms de la musique romantique caractérisée par sa capacité à exprimer tous les grands sentiments : joie, tristesse, désespoir, colère, amour, révolte, exaltation… Les tourments de l'âme, l'imaginaire et la sensibilité l'emportent sur la raison.

à l'âme aussi belle et farouche que le ciel, dont ses yeux avaient d'ailleurs la couleur. Lorenz était comme plongé dans un de ces récits romanesques dont il avait abondamment bercé son enfance.

Quand, après quelques minutes, l'instrument se tut, Lorenz rouvrit les paupières et reprit son souffle. Ses mains tremblaient. Tout son corps était violemment troublé par cette expérience extrêmement intime que Sandro venait de lui faire partager.

Les yeux de Lorenz s'étaient emplis de larmes. Elles lui étaient venues inconsciemment, puisées à la source de ses émotions. Cela faisait plusieurs années qu'il n'avait pas ainsi pleuré, spontanément, par empathie.

Lorsqu'il se tourna vers Sandro, il constata, ému, que lui aussi avait les prunelles brillantes. Ses yeux étaient si clairs, tellement irréels, et ses lèvres entrouvertes semblaient lui demander pardon. Pardon d'en avoir trop dit, pardon de lui avoir ouvert son âme d'une façon si impudique. Mais il n'avait aucun regret à avoir, absolument aucun, ce moment avait été incroyablement fort et beau pour Lorenz, qui tenta de le lui dire maladroitement :

— C'était... C'était bouleversant, superbe... Je... Je n'ai jamais rien entendu de tel, c'était...

Il ne termina pas son début de phrase balbutiant. Sandro lui coupa la parole en venant soudainement saisir son menton pour l'embrasser avec fougue. Ses lèvres avides lui imposaient la violence de son désir comme si, par elles, il voulait longuement, implacablement, furieusement, boire sa vie. Il y avait comme un déferlement de passion dans ce baiser, un besoin franc et indomptable. Immédiat. Viril. Brusque. Une belle sauvagerie que Lorenz rendit avec le même enthousiasme, trop heureux de se laisser entraîner par cet élan spontané.

Le pauvre violoncelle les gênait, masse inerte au milieu de leurs mouvements. Sandro lui ôta l'instrument des mains et le posa au sol avec impatience. Puis il lâcha l'archet, qui tomba sur le carrelage dans un bruit sec. L'instant suivant, le jeune homme repartait à l'assaut de sa bouche. Le dévorant autant qu'il l'embrassait, cherchant en même temps à le déshabiller. Ses mains habiles ayant déjà trouvé un chemin sous sa chemise, elles parcouraient son torse avec avidité.

Lorenz restait totalement désarmé devant toute cette énergie à le conquérir. Ses propres mains ne savaient que faire et son esprit tournait à vide. Qu'il était grisant de se laisser assujettir par un tel besoin impétueux. C'était bon et excitant. Sa peau était en feu. Ses reins réclamaient à être délivrés de la tension qui dressait violemment leurs deux corps l'un vers l'autre. Il était submergé par un désir qui frisait la folie.

Sandro s'écarta soudain pour reprendre son souffle. Il avait les joues d'un beau rose tendre, les pupilles dilatées et la respiration haletante. Lorenz lui-même ne devait pas dépareiller, les cheveux en bataille et la chemise débrayée.

— Votre chambre ou ici ? jeta le jeune musicien sans plus de cérémonie.

Lorenz avait l'esprit totalement blanc. Hagard, il prit quatre bonnes secondes à lui répondre :

— Ma... Ma chambre, parvint-il à dire.

Puis il se leva, un peu flageolant, manquant de buter sur le violoncelle toujours au sol, jura, se reprit, et, la main de Sandro dans la sienne, il les entraîna tous deux vers le couloir qui menait aux chambres, vers ces pièces intimes où ils pourraient étancher plus librement leur soif de l'autre.

SCÈNE IV

(Au second étage de la villa, Sandro suit Lorenz de vestibules en couloirs remplis de meubles. Les couleurs et les ambiances se succèdent. Il a l'impression de naviguer dans un conte de fées. Impression accentuée par la lumière déclinante du soir qui filtre par les vitraux.)

Ils passèrent un premier vestibule, véritable écrin de marbres colorés au plafond peint d'une fresque dont le sujet était rongé par un réseau arachnéen de craquelures. Ils traversèrent ensuite un couloir, encombré de bibliothèques alourdies d'ouvrages et de moulages d'antiques. Enfin, après un corridor orné de grisailles[44] défraîchies, Lorenz ouvrit une lourde porte en bois et attira Sandro à l'intérieur de ce qui devait être sa chambre.

C'était une grande pièce ouverte de deux fenêtres taillées en ogives délicates et ornées de vitraux. Le soir d'été faisait resplendir les éclats de verres colorés qui baignaient d'ocre, de jaune et de rouge le sol couvert de tommettes en argile vernissée. Le reste de la pièce était empli de meubles lourds en bois sombre : un coffre sculpté de scènes des siècles passés, de grands tableaux aux cadres magnifiques montrant des pastorales légères et des paysages tourmentés, une écritoire surchargée de papiers, de plumes et d'encres. Et au centre, intimidant et superbe, un grand lit haut à baldaquin.

Ce lit semblait habité, si vieux, si usé et si spacieux qu'il avait dû contenir bien des existences, de la naissance au tombeau. C'était un trop beau lit, trop solennel pour ne pas être hanté par une foule d'âmes qui auraient laissé quelque chose d'elles en cette couche.

Sandro n'osait pas s'avancer dans la chambre. Malgré l'élan qui l'avait saisi quelques instants plus tôt, malgré cette pulsion irraisonnée qui lui avait fait oublier son état, il avait peur. Peur de tomber irrémédiablement pour ce bel étranger qui savait si bien le séduire. Il voulait retrouver de son effronterie, il voulait jouer le jeu du tapin, du péché. Ce rôle assigné qu'*Elle* disait qu'il avait dans les veines. Mais voilà que le masque lui échappait et cela depuis plusieurs heures déjà, bien avant cette demeure, bien avant l'escalier, bien avant le lit. En fait, comprit-il avec angoisse, il ne maîtrisait plus rien et cela sans doute depuis que, dans le calme du cloître, Lorenz avait déposé sur sa paume un baiser de chevalier servant. Tant de tendresse et de prévenance

---

44 La peinture en grisaille est une technique qui consiste à peindre sur les murs avec seulement des nuances de gris ou de bruns, et à créer des effets de trompe-l'œil façon faux reliefs sculptés.

était inconcevable. Alors, il avait peur. Pire, il était terrifié par le sentiment qui le gagnait irrémédiablement. S'il tombait amoureux, alors… c'en serait fini de lui, et le risque de se perdre était là, dans cette chambre, dans ce lit.

— Vous hésitez ? Quelque chose vous inquiète-t-il ? lui demanda Lorenz alors que Sandro restait prostré sur le seuil.

Il regarda son beau client sans oser répondre. Le sculpteur tenait sa main dans la sienne et elle restait pour lui incroyablement rassurante. Lorenz ne le pressait pas, ne l'attirait pas, n'essayait pas de le contraindre et, à cette douceur, à cette galanterie, Sandro n'était pas habitué. Non, ce qu'il connaissait, c'était les gestes brusques, les paumes moites et sales, et la précipitation d'une étreinte douloureuse contre un mur froid de ruelle aveugle. Cette main, la main de Lorenz, était un monde nouveau à elle seule. Tendre, le sculpteur porta celle de Sandro à ses lèvres et en baisa la paume, puis son poignet, et lui sourit. Son regard était plein d'une chaleur troublante, enivrante. Si l'on ne se méfiait pas, on pouvait tomber immédiatement amoureux d'un regard pareil. S'il ne se méfiait pas, Sandro pourrait livrer sans remords son cœur à un homme pareil. À un homme capable de le regarder ainsi, comme s'il était un trésor, un miracle, comme s'il n'était pas un jouet souillé uniquement destiné à assouvir un vice. Ce beau sourire lui fit mal au cœur.

Lorenz ne pouvait que percevoir l'appréhension de Sandro. Les sourcils froncés, visiblement perdu, n'osant plus faire un geste ni parler, le jeune musicien semblait craindre de laisser sa spontanéité prendre les rênes. Lorenz voulait le convaincre qu'il ne craignait rien, qu'au contraire, il n'aspirait qu'à lui faire se sentir en sécurité. Pourtant l'exprimer par des mots aurait été vain. Sandro n'avait aucune raison de croire de belles paroles. Tandis que par les gestes…

Soudain inspiré, Lorenz glissa ses mains autour de la taille de Sandro, qui, après une seconde d'hésitation, se fit pliant et noua ses bras autour de son cou. Le sculpteur l'enveloppa d'un regard tendre et se pencha vers lui comme pour l'embrasser, mais il ne fit qu'effleurer ses lèvres et vint baiser le coin de sa bouche. Il déposa un autre baiser sur sa pommette, sur sa tempe, lentement. Il dessina du bout de son nez le contour de son oreille et en mordilla très légèrement le lobe. Sandro sursauta et se colla davantage à lui. Lorenz sourit intérieurement ; il voulait lui donner du plaisir, le bouleverser, il voulait ouvrir les portes de son cœur, mais la clé ne pourrait en être que le respect, et lui seul. Cela serait sa manière de lui montrer l'honnêteté de ses sentiments.

Lorenz continua son exploration en embrassant doucement la ligne de son cou, en suivant le chemin jusqu'au creux de son épaule et en mordillant là où la peau était encore humide. Sandro contint un soupir. Lorenz voulut avoir accès à plus de paysage de chair douce, il souleva la tunique détrempée et aida le jeune Florentin à s'en dévêtir en l'ôtant par le col. Le vêtement tomba au sol dans un bruit d'eau et d'éclaboussures.

Torse nu, frissonnant malgré la tiédeur de l'atmosphère encore habitée de la chaleur du soir, Sandro semblait ne plus savoir que faire de son corps. Il observait Lorenz d'un regard incertain. Celui-ci reprit ses caresses en embrassant l'arrondi d'une épaule cannelle constellée de myriades de taches de rousseur joliment peintes là par le soleil de Toscane. Il se baissa pour dessiner de baisers sa clavicule puis, plus bas, la naissance de son torse et descendit, presque à genoux, pour atteindre la pointe d'un mamelon. Le téton était encore brillant d'eau de la fontaine, une perle fraîche s'obstinant même, avec grâce, à s'accrocher au frêle bourgeon de chair rose. Lorenz la goûta du bout de la langue, puis traça le relief avec un peu plus d'insistance et enfin le saisit entre ses lèvres. Il mordilla, lécha et l'abandonna enfin lorsqu'il fut dressé et rougi.

Sandro respirait plus fort, il avait la fièvre aux joues et ses deux mains posées sur les biceps de Lorenz, comme pour chercher un appui. Sandro était visiblement déboussolé, mais également gagné par un véritable désir, si le sculpteur pouvait en juger par l'érection naissante qu'il devinait sous le fin pantalon de lin qui collait à sa peau. Lorenz s'écarta un instant de lui pour défaire sa propre ceinture et dénouer le nœud de son col qu'il abandonna sur le sol.

Sandro le dévorait des yeux. Ainsi, en pantalon simple, en chemise béante sur une poitrine joliment dessinée et les pieds nus, Lorenz ressemblait à un aventurier à la vie légère et à l'esprit libre. Ses cheveux bruns mi-longs, ébouriffés par leurs ébats dans la fontaine, et son regard clair et décidé lui donnaient un charme magnétique. C'était le genre d'homme auquel on ne résiste pas longtemps. Durant un instant, Sandro laissa ses fantasmes couler dans ses veines. Il s'imagina être un autre, un homme sans entraves. Mieux : une femme, sa femme, son épouse. Pouvoir séduire Lorenz, jouir au creux de son lit. Pouvoir dessiner de ses lèvres sa peau chaude et douce, et le faire sien, impunément, légalement, sans le poids de l'or entre eux. Hélas, la liberté d'aimer était un luxe, exorbitant.

Malgré ses vêtements encore mouillés, Sandro sentait crépiter ses nerfs et sa peau. Ce flot de sensations le rendait gauche ; jamais dans son expérience de tapin il n'avait eu une telle attirance pour un client. Car c'était un client, n'est-ce pas ? Rien d'autre ?

Lorenz lui souriait. Il était là, maître des lieux sur le pas de sa porte, de son antre. Allait-il le dévorer ? Un bruit résonna à l'étage du dessous, un objet tombant sur le carrelage, suivi d'un juron. Sandro sursauta, sa tension nerveuse était presque palpable.

Lorenz prit conscience qu'il lui faudrait des trésors de patience et de subtilité pour lui faire retrouver un peu d'apaisement. Un couloir où l'on pouvait les surprendre n'était pas le meilleur endroit pour se créer de l'intimité. D'autant qu'il ne savait pas quand Nikolaus rentrerait.

De penser à son séducteur d'ami lui donna une idée. Humour et légèreté pouvaient faire beaucoup pour apaiser les craintes. Misant sur la spontanéité, il attira Sandro par la taille dans un élan de joie et lui embrassa simplement le bout du nez. Deux billes bleues étonnées et des sourcils relevés adorablement sous le coup de la surprise accueillirent son geste.

— Puis-je vous inviter à me suivre dans mes appartements, où nous serons plus au calme pour continuer cette discussion ? dit Lorenz dans un grand sourire.

Le charme opéra et Sandro, se parant d'une moue amusée, le repoussa avec nonchalance en répliquant :

— Oui, et peut-être pourrai-je espérer y trouver de quoi me réchauffer !

Lorenz fit une révérence et le laissa entrer dans la chambre, puis il l'abandonna un instant pour pouvoir claquer la porte.
Que cette pièce est belle, se dit Sandro. *C'est irréel.*
Ainsi embrasée de la lumière rougissante du soleil qui se couchait enfin, elle avait les atours d'un monde enchanté. Il s'emplit les yeux de cette clarté fugace pour pouvoir l'emmener dans son cœur, une fois que ce moment de bonheur serait fini. Car ce genre de rêve ne durait jamais.
Sandro s'approcha du lit, dénoua les liens de cuir des sandales qu'il portait encore. Lorsque ses plantes de pieds nus le touchèrent, il trouva le sol froid et rugueux ; l'effet de l'usure du temps sur les dalles, sans doute. Des milliers de pas, des générations de propriétaires marchant dans ce lieu vieux de quatre siècles. Combien de maîtresses et d'amants avaient été entraînés là avant lui ? Combien d'entre eux par Lorenz ?
Pourquoi se poser ce genre de question ? s'exaspéra-t-il.
Dix, cent, mille, qu'importe, il ne serait jamais le dernier. Et le lit était là, monstrueux, un lit de courtisane, où la luxure se mettait en scène. Il repensa à son père, à qui, disait-on, il ressemblait tant. Mensonge. Il pouvait avoir ses traits, l'azur de ses yeux, peut-être, mais pour le reste... Pour le reste, un perverti, voilà ce qu'il était devenu, rien d'autre.
Lorenz l'avait rejoint. Il lui tendit de nouveau la main, l'invitant à la saisir et à le suivre. Était-ce le poids de la bourse de pièces qui alourdissait sa poche et sa conscience – après tout, il avait été payé pour obéir – ou son désir pour cet homme si attirant qu'il ne parvenait pas à le réprimer, mais, cette fois, Sandro n'hésita pas.
Lorenz le guida vers le lit où Sandro s'assit gauchement d'abord, puis, se reprenant, il se plaça plus au centre et donna à son visage un sourire aguicheur. L'étoffe du drap était fraîche, lui causant une sensation délicieuse, un frôlement voluptueux par tout le corps. Il attendait, il ne savait trop quoi. Un indice sur la manière dont il devait se tenir, quelque chose qui lui indiquerait ce que Lorenz désirait, comment il le voulait. Il n'osait pas demander et le regard clair posé sur lui était d'une telle intensité qu'il en perdit la voix. Les yeux du sculpteur prirent un éclat particulier.

— Je peux nous créer un peu d'intimité, comme les amants des romans de chevalerie. Si cela peut vous rassurer quelque peu, lui dit-il avec prévenance et peut-être une infime touche d'espièglerie.

Sandro, piqué de curiosité et ayant un besoin irrationnel de penser à autre chose que l'instant présent, hocha vivement la tête.

Lorenz tira alors sur les embrasses enserrant les rideaux du lit et ceux-ci se déployèrent dans un chuchotement. Au grand étonnement de Sandro, il ne s'agissait pas de lourds rideaux de velours qui l'auraient englouti comme dans une armoire close. Non, c'était un tissu fin, presque transparent, une mousseline de soie de couleur orangée qui, une fois déployée, semblait entourer le lit d'un voile d'or féerique. La lumière de la fin de soirée, filtrée par le tissu léger, l'entourait de teintes chaudes et réconfortantes. Sandro était émerveillé. Y avait-il quelque chose dans ce moment passé en compagnie de Lorenz qui ne ressemblait pas à un rêve ?

— Puis-je entrer, mon prince ? questionna le sculpteur, debout au pied du lit, sa silhouette apparaissant en ombre derrière le voile diaphane.

Sandro rit cette fois de bon cœur. *Un prince !* Dans les bras de cet homme, il lui semblait être un prince, en effet.

— Faites comme chez vous, mon très noble seigneur, répondit-il avec une joie non feinte.

Lorenz écarta le rideau – il souriait à pleines dents cette fois – et monta sur le lit. Il le rejoignit à quatre pattes et Sandro, retrouvant un peu d'initiative, l'attira à lui pour l'embrasser, puis il s'allongea sur le matelas moelleux tout en l'entraînant avec lui, l'invitant à venir entre ses cuisses ouvertes.

Cette étreinte, théoriquement chaste puisqu'ils étaient tous deux vêtus de leur pantalon et, pour Lorenz, d'une chemise, se prolongea longuement. Les mains se perdirent dans les mèches de cheveux, s'aventurèrent le long des côtes, de la taille et des hanches, s'égarèrent quelques instants sur le globe d'une fesse tandis que les lèvres se découvraient voluptueusement, rougies, humides de salive. Les langues se poursuivirent et se caressèrent, les souffles prirent des accents de gémissements.

Sandro se laissa bercer par la danse envoûtante de cette sage lascivité. C'était un contraste radical avec leurs baisers urgents, quelques instants plus tôt, dans le cabinet de travail. Qu'il était bon de sentir ces belles mains le parcourir avec langueur, de sentir la chaleur monter en lui et le désir lui noyer les sens progressivement, sans hâte ni crainte, avec pour eux tout le temps du monde. Il se donnait vraiment à Lorenz en cet instant, plus intimement qu'à bien d'autres clients avant lui. Il perdait pied avec délice. Il mit un temps infini à reprendre conscience de son environnement, et ce fut le contact chaud et dur de l'érection du sculpteur, pressée contre son aine, qui le ramena violemment à la réalité.

Il ne fallait pas qu'il se laisse enivrer. Cette belle introduction était certes un agréable préambule, mais cela le mènerait invariablement à cette chose violente, douloureuse et avilissante, à cet acte bestial qu'il devrait subir en serrant les dents. Il n'était pas une belle cantatrice adorée dans un boudoir. Il était un giton vendant son cul pour un sac d'or. Il devait se reprendre et refermer les portes de son cœur, et vite, avant de laisser y entrer trop d'espoir.

Il repoussa gentiment Lorenz et se releva sur son séant, puis entreprit de retirer son propre pantalon, qu'il jeta au bas du lit sans plus de fioritures. Puis, inspirant une grande goulée d'air, il tendit les mains pour défaire les lacets de celui de son client qui, après plusieurs secondes de stupeur, stoppa son geste.

— Que faites-vous ?

Lorenz avait les sourcils froncés. Sandro, croyant l'avoir froissé, prit une moue coquine de circonstance.

— J'en viens à la partie la plus agréable pour vous, minauda-t-il en approchant de nouveau les mains.

Lorenz les lui saisit fermement, arrêtant son geste.

— La plus agréable pour moi ?

Il semblait surpris et... déçu. Sandro soupira et fit mine de jouer la tentation sulfureuse.

— Oui, celle où vous profitez vraiment de ce pour quoi je suis là, où vous profitez de mes talents pour avoir ce plaisir si... « particulier » que l'on trouve chez les garçons comme moi.

Lorenz paraissait de plus en plus sombre. Sandro se coula contre lui et lui entraîna les mains vers son postérieur, à présent nu, en l'invitant à en saisir les rondeurs qu'il savait désirables. Les mains du sculpteur restèrent inertes.

— Et pendant que je « profiterai » de vous, à quel moment trouverez-vous un quelconque plaisir ? Croyez-vous que je prendrais satisfaction à vous violer ? demanda Lorenz avec un mélange détonnant de froideur et d'amertume.

À ce ton, Sandro ouvrit de grands yeux ; il était totalement déstabilisé. Son masque d'insolence retomba et il balbutia sa réponse :

— Mais je... Ce n'est pas comme ça que... Enfin, vous ne me payez pas pour que je trouve du plaisir à être... Ce n'est pas...

Le regard de Lorenz se radoucit instantanément. On pouvait y lire à présent la compassion et la tristesse.

Sandro n'osa pas dire quoi que ce fût de plus. Dans le regard de l'homme qu'il tenait embrassé, il y avait trop de sentiments, trop d'émotions, trop de choses qu'il ne voulait ni comprendre ni même envisager. Il se refusait à y croire. Un cœur honnête ? Cela n'existait pas. On ne pouvait s'aimer ainsi entre hommes. Ce sentiment était la manifestation d'une perversion, rien de plus. Une perversion rémunératrice, parfois. D'ailleurs, c'était son rôle, celui pour lequel il était payé. Si Lorenz ne voulait pas de cela, alors que devait-il faire ? Lui, ce qu'il avait appris à endurer, c'était les étreintes forcées. Il avait fini par savoir simuler le plaisir, faute de réellement le ressentir. La plupart des hommes se moquaient totalement de le sentir réagir à ce qu'ils lui faisaient subir. Pour eux, il n'était qu'un défouloir inerte à leurs vices. Un sac de chair vide. Certains avaient la manie de vouloir l'entendre gémir, qu'il encourage leurs coups de reins brutaux ou vante leur virilité. Des simulacres de plaisir pour soigner leur orgueil blessé à n'être que les clients d'un pauvre tapin.

Oui, mais voilà, Lorenz ne semblait pas être de cette nature, il ne paraissait pas avoir ce genre de travers. Tellement pas que Sandro se sentait atrocement peu à sa place dans cette chambre de lettré, dans ce lit de riche seigneur, dans les bras de cet homme droit et intègre qui n'avait certainement nul besoin de lui pour satisfaire ses désirs. Sa présence en ces lieux était une absurdité payée bien trop cher.

D'ailleurs, il devait le lui dire ! Il devait lui rendre l'argent et partir ! Ce qu'il avait à vendre ne valait certainement pas un prix pareil. Il faisait payer à Lorenz vingt fois ce dont de basses crapules avaient profité abondamment pour presque rien. Il avait beau avoir besoin de cette somme, rien ne justifiait qu'il devînt malhonnête.

Il allait se résoudre à cela quand, soudainement, Lorenz lui caressa la joue. Du bout des doigts, sa main parcourut les contours de son visage et, se glissant vers sa nuque, l'attira à lui pour l'embrasser. Sandro ne put que se laisser faire ; le geste était d'une telle délicatesse qu'il fut désarmé immédiatement et ses résolutions se perdirent aussi vite. Combien il lui était difficile d'arrêter un dessein dans les bras de cet homme ! C'était un baiser si tendre, un de ceux qui vous font tourner la tête, qui fouillent votre esprit comme dans un coffre non scellé, y trouvant des réponses qu'on ne se savait même pas avoir. Lorenz interrompit leur baiser et, les yeux clos, il reposa son front contre celui de Sandro. Il soupira.

— Sandro, je ne suis pas ce genre d'homme. Je comprends qu'il doit vous être très difficile de me faire confiance, toutefois, si vous pouviez lire en moi... vous sauriez que... ce que je vois en vous est d'une telle beauté, c'est plus que cela même, et je voudrais, je voudrais tant... Oh, Sandro, laissez-moi vous aimer[45], murmura-t-il d'une voix lourde d'émotion.

Un autre baiser vint appuyer ce tendre épanchement.

Sandro, encore ensorcelé par ces quelques mots et la chaleur qui lui emplissait le cœur, acquiesça. Le baiser reprit, plus profond, plus sensuel tandis que les mains de Lorenz se posaient enfin au creux de son dos, qu'il arqua instinctivement. Elles descendirent au bas de ses reins et vinrent saisir les globes

---

45 En italien, il existe trois expressions pour dire qu'on aime. *Mi piace* : le goût des choses, des aliments ; *Te voglio bene* : l'affection respectueuse ; et enfin *Io te*(ou *io ti*) *amo* : la passion ardente. Quelle est celle qu'emploie Lorenz, à votre avis ?

de ses fesses, les doigts en enveloppant la chair avec une vigueur dénuée de rudesse. Le geste lui parut étonnement agréable : possessif et rassurant.

Lorenz l'attira dans son giron, l'assit sur ses cuisses et Sandro noua ses bras voluptueusement autour de son cou. La friction de son sexe nu contre la chemise humide du sculpteur lui arracha un grognement de plaisir qui s'échappa de sa gorge pour être avalé aussitôt par les lèvres de Lorenz, qui l'embrassait avec plus d'ardeur encore.

Cette position était très agréable et permettait à Sandro d'être davantage maître de leur échange. Pris au jeu, il se fit plus téméraire, plus directif, l'embrassa à son tour, pénétra sa bouche de sa langue en mimant avec son bassin l'acte lui-même. Hélas, des questionnements et des réflexes venus de son expérience d'objet de luxure lui revinrent sans qu'il y prît garde. Peut-être que son beau client aimait à être ainsi dominé ? Peut-être qu'un amant soumis ne lui plaisait guère ? Pour tester son hypothèse, Sandro mordit doucement la lèvre inférieure de Lorenz, en savourant le petit sursaut de surprise que cela fit naître.

— Voulez-vous me prendre ainsi, alors que je vous chevauche ? demanda-t-il en épiçant sa voix d'un ton plus mâle.

Sa question eut tout l'inverse de l'effet escompté : Lorenz stoppa net leur baiser et se défit de ses bras avec un lourd soupir. Sandro ravala cette fois un grognement de frustration. Cet homme désirait-il vraiment assouvir son désir ? Il allait finir par en douter ! Pourtant, s'il devait en croire ce qu'il voyait, leurs baisers ne l'avaient pas laissé indifférent, loin de là !

— Ne suis-je pas comme vous le souhaiteriez ? finit-il par lui dire, déçu.

Lorenz lui renvoya un regard navré et s'écarta de lui pour de bon.

— Ce n'est pas cela, Sandro, je... je ne veux pas d'un empressement qui ne serait là que pour subir mes exigences. Je sais qu'à vos yeux, je ne suis qu'un client de plus, mais... j'espérais éveiller en vous... Je croyais parvenir à vous amener à voir en moi... Malgré ce que je suis, malgré ce que vous êtes. Pardonnez-moi, je n'ai pas à vous imposer mes rêves de romance. Ah ! Je ne suis qu'un imbécile !

Lorenz se leva du lit, en proie à une impatience amère devant laquelle Sandro se sentit profondément coupable et honteux. Une romance ? Entre deux hommes ? L'idée était absurde. Et pourtant... N'était-ce pas cela qui se dessinait entre eux, aussi improbable que cela pût paraître ? Oh, qu'il voulait qu'il en fût ainsi. Lui qui n'avait pas été capable de satisfaire cet homme, alors que, pour la première fois de sa vie, il avait eu envie de cette étreinte ! *Malgré* ce qu'il était, il avait *désiré* ces lèvres sur sa peau dès l'instant où il avait découvert cet artiste peu ponctuel dans l'atelier du *maestro* Salvatelli. La manière dont Lorenz l'avait regardé... Ses joues qui s'étaient empourprées à la vue de sa nudité impudique... Ses mains si habiles à le dessiner... le seraient-elles autant à le caresser ? Et à présent qu'il était là, nu sur ce lit de conte de fées, tout allait de travers et il n'avait réussi qu'à le mécontenter.

Après avoir fait quelques pas exaspérés dans la pièce, Lorenz vint se rasseoir au bout du lit, dos à lui, les coudes appuyés sur les jambes et la tête dans les mains. Il paraissait en proie au plus profond tourment. Sandro sentit son cœur se serrer. Il se décida à s'approcher de lui, lentement, comme on le fait d'une bête blessée. Il l'enlaça, ses bras entourant son torse et son nez venant s'enfouir dans les cheveux qui couvraient sa nuque. Lorenz poussa un profond soupir.

— Je ne saurais vous demander d'être sincère, cela serait cruel de ma part ; après vous avoir payé, je ne peux m'attendre à être considéré comme un amant que vous auriez choisi... avoua le sculpteur d'une voix étranglée.

Sandro lui embrassa doucement la nuque. Son beau client avait raison.

— C'est vrai. On ne peut changer ce qui est. Je suis à vendre et vous m'avez acheté, murmura-t-il contre son cou.

Lorenz émit un nouveau soupir désolé.

D'une caresse sur sa joue, Sandro l'invita à se retourner. Ce qu'il fit, les gestes empreints d'une sorte de doute qui le rendait gauche. Sandro se glissa contre lui, trouvant en lui-même tout une mine de compassion non feinte pour ce bel homme si désarmant. Il plongea dans son regard voilé de détresse pour lui dire avec douceur :

— Mais nous pouvons faire comme s'il n'en était rien, comme si j'étais là après des semaines d'atermoiements, des semaines durant lesquelles j'aurais hésité à venir jusqu'ici, de peur d'y perdre mon honneur et mon cœur dans ce lit. Est-ce cela que tu voudrais, Lorenz ?

Ce dernier resta muet quelques secondes, ému par ce tutoiement si soudain, cette délicatesse du langage qui parait les mots d'un voile d'intimité[46]. Lorenz prit le visage de Sandro en coupe entre ses paumes et posa son front tout contre le sien. Il ferma les yeux, puis, après une profonde inspiration, lui répondit en une litanie teintée d'une émotion palpable :

— Ce que je veux... Je veux te couvrir de tendresse, de volupté, d'ivresse, je veux te gorger de toutes les félicités de la chair, t'en rendre las, et te garder ensuite dans ce lit, et t'y aimer jusqu'à ce que nous en mourions de plaisir tous les deux... Voilà ce que je veux...

Après cette proposition, Lorenz s'écarta juste assez de Sandro pour lui laisser la liberté de refuser. Il lui offrit un regard où pouvaient se lire les plus fiévreuses attentes. Sandro en resta sans voix, sans souffle, même.

L'aimer. Le mot aurait dû le choquer, mais il n'en fut rien. Il était l'évidence même au milieu de cette journée incroyable et tragique. Quelque chose était né entre eux. C'était indéniable. Le regard de Lorenz lui arrivait lourd et brûlant comme un jet de plomb fondu. En s'y plongeant, il comprit qu'il avait devant lui son premier et son dernier amour, sa coupe d'ivresse suprême. Il sentit s'évanouir comme des ombres légères les souvenirs de tous ceux qui l'avaient possédé, et son âme redevenir vierge de toute émotion antérieure. Le passé lui sembla disparaître. Il prit sa décision.

---

46   Sandro vient de passer en italien du « vous » de cérémonie, qui est en fait la troisième personne du singulier (*lei* ou *ella*) au « vous » de la glace rompue qui permet de mettre de côté la réserve que l'on peut avoir avec un inconnu. Au XIXe siècle, le « tu » n'est utilisé que dans le dernier degré d'une confiance totale et réciproque entre deux amants. (Cf. G.Prévost, voir bibliographie en fin de roman)

D'un geste lent, il coula sa main sur la nuque de Lorenz et l'attira à lui.

— Qu'il en soit ainsi… souffla-t-il avant que, ému, Lorenz ne se penchât pour venir cueillir son consentement sur ses lèvres.

Hélas, leur baiser ne dura qu'un battement de cœur.

SCÈNE V

(Dans la chambre de Lorenz, des coups retentissants sont assenés contre la porte.)

— Ohé ! T'es rentré ? Ohé, Lorenz ! Ohé, mon preux chevalier viennois au panache blanc comme le cul d'une nonne ! tonna Nikolaus d'une voix avinée, avant d'entrouvrir la porte.

Lorenz bondit du lit tel un diable, torse nu, son pantalon en partie dénoué, laissant Sandro tétanisé au milieu des oreillers et fort heureusement dissimulé par les voilages du baldaquin.

— Oh, toi, mon gaillard, t'es un sacré margoulin. Tu te carapates sans prévenir et en plus tu ramènes du gibier ! Elle ressemble à quoi, vas-y, montre ! beugla Nikolaus.

Un bruit d'étoffe que l'on froisse se fit entendre. Lorenz devait être en train d'empêcher son ami de rentrer dans la chambre. Rattrapé par sa pudeur, Sandro attrapa un drap et s'en couvrit le corps tout en se retournant pour ne présenter que la silhouette de son dos au curieux. Pour autant, retenu par Lorenz, Nikolaus n'arriva pas jusqu'au lit.

— Sors d'ici, tu es saoul !

— Oh, allez, ne sois pas si pincé, tu m'as déjà vu ivre et… attends, ce n'est quand même pas la belle blonde, son nom c'était quoi, déjà ? Lumia… Luria… Lu… Lucia ! Fichtre, si c'est elle, dis-moi, que l'on partage !

— NON ! Tais-toi et sors d'ici !

— Eh bien, c'est une prude, ta conquête ? Oh ! Oh non, je sais ! C'est le môme. Lorenz, t'as pas fait ça ? Ce tapin, c'est un vrai nid à emmerdements47 !

Sandro plaqua ses paumes sur ses oreilles. Le reste de la dispute ne lui parvint plus qu'assourdi. Trop tard. Les mots de Nikolaus pénétrèrent jusqu'à son cœur. Il se sentit profondément seul, assis au milieu de ces draps brodés et de ces coussins couverts de soie. Un tapin. Il n'était que cela.

Il eut envie de pleurer.

— Dehors !

La porte de la chambre claqua à en faire trembler les meubles.

---

47 Pour l'anecdote, le mot « emmerdement » ne date pas d'hier et n'est pas réservé qu'aux manants, puisque Gustave Flaubert, l'auteur de *Madame Bovary*, l'employait même volontiers dans sa correspondance.

— Tu ne pourras pas dire que je ne t'ai pas prévenu ! cria encore Nikolaus derrière le bois de la porte avant d'abandonner la partie pour, sans doute, aller s'écrouler dans son propre lit.

Lorenz tira le lourd verrou qui fit un bruit lugubre de guillotine. Sandro était tétanisé. Un froissement de tissu se fit entendre derrière lui. Le rêve allait se briser. Lorenz devait être en train de finir de se déshabiller ou, bien au contraire, pris d'un éclair de lucidité, il allait lui rendre ses vêtements et le jeter dehors. Après tout, Nikolaus avait raison : il n'était qu'un giton, et de surcroît une source d'ennuis. Il entendit le bruit des pas de Lorenz sur le parquet. Le sculpteur s'arrêta au seuil du baldaquin. Sandro ne percevait plus que son souffle encore vibrant de colère.

Sandro ferma les yeux, le cœur serré, incapable de se retourner. Il pressentait la scène à venir. Cette colère allait bien devoir s'exprimer, et quoi de mieux que la violence naturelle de la possession de la chair. Comme dans la ruelle, où on le plaquait à chaque fois face au crépi pelé du mur. Où des mains anonymes, à la poigne toujours impatiente, venaient lui enserrer la nuque pour lui maintenir la tête contre la paroi, tandis que le bruit du vêtement que l'on chiffonne était souvent le seul indice qu'il avait, avant de sentir la verge d'un inconnu venir le saillir d'un coup sec. C'était toujours cette douleur-là, cette déchirure, qui lui transperçait les entrailles et faisait comme une brûlure jusque dans son crâne. L'impression de n'être plus rien qu'un paquet de chair, moins qu'un homme, quelque chose dont on ne veut pas voir le visage.

Lorenz n'est pas ainsi, se répéta-t-il comme une prière.

Ici, dans cette pièce, dans cette villa, il n'existait pas de contrainte. Pas une seconde, pas un instant des délicieuses caresses que Lorenz lui avait offert n'avait cet âcre relent de débauche sordide. Ici, dans les bras de cet homme, il découvrait une ivresse nouvelle, il apprenait à aimer une étreinte qui lui avait toujours été imposée par la force ou la nécessité.

Sandro sentit le matelas remuer et son cœur, en réponse, battre très fort dans sa poitrine. Le frissonnement des draps lui glaça le sang. Bientôt Lorenz viendrait jusqu'à lui ; dans son cou peut-être allait-il murmurer la litanie obscène de ces mots que les hommes se transmettent de génération en génération pour implorer la luxure. Cela commençait comme cela dans la ruelle. Ces paroles, qui signifiaient l'empressement à le prendre, à l'avilir. Il ferma les yeux et se mit inconsciemment à trembler.

Ne crains rien, Lorenz n'est pas ainsi, lui assurait son cœur.

Et pourtant, ils en viendraient là, forcément. La possession. La soumission. Tant pis. Tant mieux.

Sandro ne pouvait s'empêcher de désirer cet acte contre nature malgré l'appréhension qui lui nouait la gorge. Il voulait que Lorenz le prît durement, rapidement, lui fît mal, pour le convaincre que rien ne pouvait être bon dans cette perversion qu'il avait en lui. La hâte brutale engloutirait ce qui restait de son innocence et, enfin, la douleur inscrirait dans sa chair la marque de son propre dégoût pour ce qu'il était. Devrait-il serrer les dents en attendant que cela se termine ? L'attente, elle, était plus que tout horrible. Dans la ruelle, à chaque coup pesant répété en lui, l'attente, jusqu'au grognement final ; l'attente, jusqu'à la répugnante sensation d'humidité poisseuse entre ses cuisses. C'était cela une étreinte entre deux hommes, une véritable abomination qu'on punissait du fouet et de la prison, et à cause de laquelle sa vie et celle de sa famille étaient un champ de ruines.

Elle lui avait coûté cher, affreusement cher, cette abjection qui dévorait son âme. Sandro ne pouvait nier que tout était sa faute. Il n'aurait pas dû y céder, la première fois. Celui qui l'avait initié à ces pratiques savait qu'on punissait toujours davantage celui qui s'abaissait à être possédé, à se soumettre.

Se soumettre... Était-ce cela, de la soumission, dans les bras de Lorenz ? Oui, aux yeux de la loi, certainement. Et dans son cœur, qu'en était-il ?

Le matelas s'enfonça sous le poids de Lorenz. Sandro sursauta.

Il était terrorisé. C'était pathétique, il avait connu bien pire. Il y avait seulement quelques mois de cela, son premier client avait été à mille lieues de la prévenance de Lorenz quand il l'avait défloré rudement dans l'arrière-cour d'une tannerie ! Mais peut-être qu'il y avait moins de risques à sacrifier son innocence qu'à achever son dernier espoir, celui, naïf, de trouver celui qui saurait comment l'aimer sans le faire souffrir.

Sandro tentait d'éteindre ses craintes. Il se fit violence pour regagner son calme.

Lorenz n'est pas ainsi. Fais-lui confiance.

— Puis-je te toucher ? demanda le sculpteur d'une voix infiniment douce.

Le tutoiement demeurait miraculeusement, il avait survécu à l'esclandre de Nikolaus, leur intimité restée sauve palpitait encore. Sandro acquiesça, d'un faible mouvement de tête, les yeux toujours clos. Il fit retomber le drap dont il s'était auparavant couvert pour montrer qu'il ne fuyait pas l'étreinte à venir. Malgré tout, il tremblait.

Derrière lui, Lorenz retint son souffle. Ce que Sandro ne pouvait deviner, noyé qu'il était dans le flot de ses propres craintes, c'était que Lorenz aussi était tenaillé par la peur. La peur d'être maladroit, trop passionné, trop prompt. Lorenz avait peur de n'être que l'écho des abus brutaux subis par son jeune amant dans un passé si proche. Le sculpteur était désarmé devant cette beauté offerte, ce corps à la grâce fragile qu'il craignait de contraindre ne fût-ce que par un geste trop brusque. Il tendit une main que l'impatience et l'émoi rendaient hésitante.

Ce que Sandro perçut d'abord fut un simple frôlement, puis une caresse, du bout des doigts, le long de son dos, et enfin la tiédeur de la chair presque contre lui. Sa respiration s'accéléra. Il se sentait vulnérable dans cette nudité si sensuelle. Ce n'était pas comme être modèle. Il n'y avait pas la distance de l'estrade, la barrière des chevalets. Ce soir, dans cette chambre magnifique, sur ce lit entouré de voiles qui les cachaient du monde, tout semblait si intime, si profond, qu'il se laissa gagner par un frisson de pudeur.

Lorenz se glissa contre son dos, à genoux, ses deux jambes de part et d'autre des siennes, comme pour fondre leurs corps en un seul. Dans son esprit, sa peau, *leurs* peaux devenaient l'argile douce qu'il avait appris à modeler. Une même forme, une même terre, une œuvre en devenir.

Sandro devinait les muscles de Lorenz contre son dos et la chaleur de son aine tout contre ses reins. Le sculpteur était nu, à présent, lui aussi. Nu, désirable, terrifiant. Sandro sentait distinctement la ligne ferme de son sexe lové contre la naissance de ses fesses. Son cœur se mit à battre avec frénésie. Un premier baiser se posa sur son épaule, la moiteur d'un souffle effleura sa nuque. C'était délicieux, apaisant.

Lorenz enfouit son visage dans les boucles des cheveux de Sandro, encore humides de l'eau de la fontaine. Il prit une profonde inspiration, et sa poitrine, que Sandro sentit se gonfler, ample, inquiète, s'emplit du gouffre du doute à sauter.

Après plusieurs secondes de réflexion, Lorenz murmura au creux de son oreille :

— Arrête-moi si quoi que ce soit te déplaît. Guide-moi, aide-moi à découvrir où ton plaisir se cache, souffla-t-il.

Sa voix grave semblait s'arracher au plus profond de lui pour venir ensorceler Sandro, qui n'osait pas croire à ces tendres paroles. Une nouvelle fois, il acquiesça, muet, envoûté.

Lorenz vint saisir de ses deux mains la chair ferme de ses cuisses, l'enveloppant en même temps entre ses bras tendus. À ce contact chaud, sa peau se couvrit de frissons d'anticipation. Hérissant chacun de ses poils sur leur passage, les doigts du sculpteur glissèrent à l'intérieur de ses cuisses. Rugueux, ils étaient habitués à caresser le marbre et faisaient du toucher un sens bien plus vivant que le regard, bien plus cru, bien plus fondamental. À ce simple contact, il sembla à Sandro que tout son corps s'était couvert de braises. Les deux paumes puissantes remontèrent lentement jusqu'à l'angle de sa taille, évitant de s'aventurer trop près de son sexe, jouant à attiser son désir tout en en retardant les ardeurs.

Sandro laissa échapper un grondement de frustration. Il sentit Lorenz sourire, la bouche blottie juste au creux de son oreille. Les mains du sculpteur montèrent le long de sa taille, possessives, décidées, le prenant comme on modèle sur un tour de potier le corps d'un vase. Puis elles suivirent le chemin de son ventre, de son torse, et la poitrine de Sandro se gonfla d'un sursaut lorsque la caresse atteignit l'une de ses aréoles. Lorenz lui pinça le téton et le tourmenta avec douceur. Il agaça le second de la même manière, et joua ainsi avec les deux bourgeons de chair jusqu'à les sentir dressés et durs, jusqu'à ce que tout son corps en frémît. Sandro se coula davantage contre Lorenz. Hélas, ce fut pour de nouveau prendre conscience de l'érection brûlante pressée contre son postérieur. La vérité crue de cette chair désirante affola son cœur, dont il ne put réprimer les violents battements chaotiques. Lorenz ne manqua pas de percevoir son trouble. Il en stoppa ses gestes, inquiet d'aller trop vite.

— Dis-moi, mon prince, si je suis trop brusque... Dis-moi ce que tu aimes... Ce que tu veux... souffla-t-il, presque haletant.

Son prince, se répéta Sandro. Je suis son prince, même si ce n'est que pour cette nuit.

Quant à ce qu'il voulait, cela surgit en lui comme une évidence absolue. Il saisit les poignets de Lorenz avec une détermination retrouvée et guida ses mains plus bas, toujours plus bas, les plongeant jusqu'à son bas-ventre, jusqu'à ce qu'elles s'enfouissent dans l'ombre de ses cuisses, jusqu'à ce que l'une d'elles empoignât son sexe et commençât à le masturber lentement tandis que l'autre continuait de le parcourir avidement.

— Je veux... ta main... gémit Sandro malgré lui, incapable de retenir ni le bouillonnement de son sang ni la fièvre qui gagnait jusqu'à son esprit.

Les prémices de son plaisir perlaient déjà, laiteuses, de son gland qu'il voyait apparaître rouge et brillant au creux du poing de Lorenz. Sandro se cambra, se laissa aller à chavirer ses reins par saccades au rythme des va-et-vient de cette main délicieusement ferme autour de sa hampe. Il posa sa nuque sur l'épaule de Lorenz et passa les bras derrière lui pour agripper la tête de son amant qui lui embrassait le cou, lui mordillait gentiment la peau et la soulageait aussitôt du bout de la langue.

Le visage basculé en arrière, la bouche entrouverte et les yeux clos, le corps frémissant et pâmé par l'extase toute proche, il n'avait pas conscience que, pour Lorenz, il était à cet instant l'incarnation de la débauche la plus angélique, de la beauté la plus envoûtante. Et le grand lit devenu accueillant se mouvait comme une mer soulevée, ployant et murmurant ; il semblait lui-même animé, joyeux, car sur lui le délicat mystère de l'amour s'accomplissait.

Sandro gémissait plus fort, sans retenue à présent, la volupté gagnant ses sens et le jetant dans un vide enivrant. La sueur couvrait son dos et coulait aux creux de ses reins, là où le sexe dur de Lorenz venait se nicher à chaque venue de son bassin. Il le massait ainsi par à-coups, lui arrachant à chaque fois un râle qui roulait le long de son cou, là où le sculpteur avait fini par enfouir son visage.

Lorenz prenait lui aussi plaisir à cette étreinte. Il ne souhaitait que porter la volupté de son amant jusqu'à sa plénitude et même au-delà d'elle. Il voulait le sentir jouir dans ses bras, l'emmener vers une pleine et parfaite liberté des sens.

Sandro, innocemment égoïste, ne faisait que se laisser mener sans rien offrir en retour. Il ne parvenait pas à se concentrer sur autre chose que les sensations ensorcelantes qui gagnaient tout son être. Les doigts de Lorenz glissaient de plus en plus vite, ils l'enserraient, l'entraînaient avec obstination vers le ravissement.

La caresse se fit rapide, incontrôlée. Et, soudain, Sandro se sentit perdre pied, son corps entier fut comme traversé par un éclair qui lui vrilla les nerfs, lui contracta les muscles. Ses doigts se crispèrent dans les cheveux longs de Lorenz. Il cria et succomba à la décharge de plaisir qui le souleva dans une longue expiration, tandis que son désir s'échappait par soubresauts sur son torse, sur ses cuisses, sur les draps baignés d'or.

Après une éternité, il voulut ouvrir les yeux. Il n'y parvint pas. Cette jouissance cathartique, presque douloureuse par son intensité inattendue, l'avait laissé sans force entre les bras de Lorenz, qui le tenait tout contre lui, l'enlaçait, le mêlait à sa chair comme les deux moitiés d'un même corps. Sandro ne pouvait pas parler, ses émotions étaient encore trop vives, affleurant de son âme, menaçant de déborder en sanglots au moindre mot prononcé. Alors il se tut, se laissant aimer, adorer, par celui qui le couvrait de baisers et de caresses, de paroles tendres, décousues, ivres.

Il s'abandonna.

Ils s'abandonnèrent tous deux à cet amour absolu, à ce moment de temps suspendu, et à cette ville où tout se meurt et où tout devient pourtant immortel.

SCÈNE VI

(La nuit habite à présent la chambre de Lorenz. Les meubles semblent des ombres, des spectateurs immobiles qui observent les deux amants enlacés au centre du grand lit. L'ambiance a quelque chose de solennel.)

— D'où tiens-tu ton talent pour la musique ? murmura Lorenz.

Au cœur de l'obscurité, après l'épuisement de leur désir de jouir, Sandro se laissait enfin aller aux confidences. Assis dans les bras du sculpteur, son dos calé contre sa poitrine, le jeune musicien jouait à entrelacer leurs doigts, à comparer leurs mains et les cicatrices que leurs arts respectifs y avaient inscrites. Sandro soupira. À cette question, son corps, pourtant apaisé par les plaisirs de leur soirée, se crispa.

— Pour te répondre, il me faudrait te dévoiler tant d'infâmes tranches de mon passé que je crains d'empuantir cette nuit si belle que je ne parviens pas à la croire réelle.

— Je ne crains pas ton passé. Il est révolu, affaibli par le temps qui efface les flétrissures. Mon amour est jeune, il saura l'affronter. Parle-moi, décris-moi ce passé qui a fait l'homme extraordinaire que je tiens dans mes bras.

Sandro eut un moment d'incertitude. Raconter, c'était se souvenir et se souvenir, c'était revivre un peu de ces moments de drame qu'il voulait oublier. Il s'y résolut pourtant, car Lorenz, au cœur si franc et généreux, méritait plus que tout son entière honnêteté.

— Tu m'as demandé mon nom quand nous nous sommes rencontrés.

— Tu ne m'as pas répondu, j'ai pensé...

— ... que j'avais honte ?

— Non !

Lorenz se reprit :

— Oui, je l'avoue, oui. J'ai cru à ta honte et aussi j'ai songé que peut-être tu n'avais pas de nom, cela se trouve souvent chez les gens du p... chez ceux que le destin accable.

Sandro se prit à sourire de la sollicitude de son amant et des mots qu'il cherchait à rendre respectueux.

— Je porte le nom de mon père, ma mère y tient, bien que, autant que je sache, ils n'aient pas été mariés. Il s'appelait Aylin, Grégory Aylin. Mon histoire commence par la sienne et ce nom, comme tous les noms sans doute, m'inscrit dans un destin que je n'ai pas choisi. Si tu veux connaître ma vie, alors il faut que je l'évoque.

— Tu as toute mon attention.

Sandro ramena ses jambes, qu'il tenait étendues, tout contre sa poitrine, anticipant un peu la douleur des souvenirs qui allait certainement s'abattre sur lui. Lorenz l'enlaça davantage, ses bras l'entourant tout entier pour le prémunir du regard scrutateur des ombres de la pièce.

Pour offrir sa confession, Sandro prit une profonde inspiration et, assez naturellement, sa voix emprunta son timbre à celle d'un conteur, comme s'il lisait la vie d'un autre dans un livre. C'était un moyen pour lui de mettre une certaine distance entre son passé et leur présent.

— Mon père, Grégory Aylin, était le fils cadet d'un baron anglais. Il avait entrepris le Grand Tour, comme nombre de ses compatriotes jeunes, riches et désœuvrés. Il faisait partie de cette génération perdue[48] dont on nous dit pis que pendre, mais qui me fascine assez, je dois bien l'avouer. Ainsi, en quête d'aventure et de beauté, il arriva en Toscane, où il trouva l'amour dans les bras de Lucrezia Valentini, ma mère. Elle était belle, comédienne, cantatrice à ses heures, fantasque et ensorcelante. Un vrai roman, n'est-ce pas ? Deux enfants naquirent de cette union : Lucia, d'abord, puis je vins au monde deux ans plus tard. Nous étions tous les deux doués pour la musique et mignons comme des angelots avec nos grands yeux bleus qui nous venaient de ces Aylin qu'on ne connaissait pas. C'est que, pendant près de treize ans, les parents de mon père, toute cette famille d'outre-Manche desséchée de bienséance, ne s'étaient que très peu sentis concernés par notre vie. Nous étions pour eux une descendance abâtardie. Ils jugeaient sans doute que ma mère n'était pas digne d'eux et nous pas plus qu'elle. Mes parents étaient des artistes, jeunes et amoureux, ils se sont rapidement résignés, et même ne

---

48   La « génération perdue » est l'expression employée pour qualifier à l'époque la jeunesse romantique, souffrant, disait-on, du « Mal du siècle ». Une sorte de mélancolie profonde, un désabusement, une imagination délirante qui poussait les jeunes gens vers des vies de bohème sans but ni foi. On retrouvera cette expression pour qualifier au XXe siècle les beatniks des années 50 ou encore les punks des années 80.

s'en sont plus souciés. Pourquoi s'inquiéter, d'ailleurs, ils s'en sortaient très bien sans eux, courant les plaisirs, les spectacles et les fêtes, toujours sur les routes et vivant d'expédients. Dès notre plus jeune âge, Lucia et moi, nous avons été donnés en spectacle dans les demeures cossues, moi au violoncelle, ma sœur au piano et notre mère chantant. Nous étions deux enfants précoces et, dans le joyeux tourbillon de cette existence décousue, nous nous amusions beaucoup.

— Je t'imagine gamin, tenant un violoncelle haut comme toi, commenta Lorenz, taquin.

— Je n'étais pas le plus à plaindre, car il existe des instruments de taille plus petite pour les tout jeunes musiciens. C'est ma sœur qui peinait davantage avec les notes que ses doigts ne parvenaient pas à atteindre au piano. Nous avions des fous rires lorsqu'elle manquait une reprise et que ma mère rattrapait par une vocalise ses accords approximatifs. Je chéris ces années pleines de joie fugace même si, à présent, je prends la mesure de leur inconséquence.

Lorenz plongea son nez dans la chevelure brune de Sandro. Il le pressentait, son récit allait s'assombrir.

— Nous avons été heureux jusqu'à ce qu'un coup du sort vienne rattraper mon père. C'était l'année de mes onze ans. Mon oncle, le frère aîné de mon père, l'héritier du nom et du domaine des Aylin, mourut lors d'une partie de chasse. Certes, il était marié, mais voilà, le problème était qu'il n'avait que des filles. Il fallait absolument rapatrier le second fils, le fils prodige, mon père, pour perpétuer le nom, et pas question qu'il ramène dans ses bagages sa Florentine et leurs deux rejetons. Les tractations débutèrent, les échanges de lettres par dizaines, pendant deux longues années. Mon père tint bon. On lui envoya finalement un intermédiaire, un pasteur, et lui, touché par les paroles de cet homme qui avait été son précepteur, accepta d'aller en Angleterre pour régler ses affaires. Il promit de revenir et ne revint jamais. Il envoya de l'argent, beaucoup d'argent, et ma mère se consola. Elle avait la musique…

— … et elle vous avait vous.

— Oui, c'est ce que je crus d'abord… Lucia et moi étions adolescents, nous avions poussé en graine tous les deux et nous étions trop grands pour l'accompagner dans les salons où on ne séduisait plus guère. Ma mère, plutôt que de s'encombrer de nous, préféra nous confier à des professeurs particuliers, à des amis, à des voisins, pour pouvoir aller vivre la vie mondaine qu'elle avait toujours affectionnée et continuer de s'enivrer de musique. Nous ne la vîmes pratiquement plus, mais nous étions heureux, libres comme deux oiseaux. Cela dura trois ans. Et puis tout s'interrompit une fois de plus. Un matin, c'était au printemps 1840, ma mère vint nous chercher alors que nous étions chez une voisine. Un drame était survenu, notre père était mort. La famille Aylin, là-bas en Angleterre, avait écrit. Une mauvaise fièvre, fulgurante. De ce jour, ma mère ne reçut plus d'argent. Elle fit dresser une stèle cénotaphe[49] au petit cimetière des Anglais[50], à l'est de Florence, et prit le deuil comme une épouse l'aurait fait. Mais, une épouse, elle ne l'était pas, pas légalement. Il lui fallut donc trouver de quoi vivre...

La voix de Sandro s'éteignit quelques instants. La pauvreté pouvait mener à bien des extrémités et Lorenz envisagea immédiatement le pire.

— Sans ressources et habituée à un train de vie dispendieux, ma mère opta très rapidement pour des mesures drastiques afin de se maintenir à flot. Elle reprit avec elle Lucia, qui venait d'avoir 18 ans et était belle à croquer, tandis qu'elle me laissait dans un pensionnat où je pouvais continuer d'étudier la musique. J'ai appris que je devais cette chance aux suppliques de ma sœur. Toutes deux trouvèrent de quoi gagner leurs vies. Comme tu le devines, ma mère prit des amants et Lucia... Lucia m'écrivait que tout allait bien, qu'il fallait que je sois sage et sérieux dans mes études. Tout naïf que je pouvais être encore, je crois que je n'étais pas tout à fait dupe de son sacrifice. Un jour, j'ai reçu une

---

49 Cénotaphe : tombeau élevé à la mémoire d'un défunt, mais qui ne contient pas son corps.

50 *Cimitero degli Inglesi*, le cimetière dit des Anglais, fondé en 1827 en périphérie de Florence, était en fait un cimetière suisse dans lequel de nombreuses nationalités se côtoyaient. Pour autant, les Florentins, considérant que tout étranger de confession protestante pouvait être considéré comme anglais, choisirent de l'appeler ainsi.

lettre de ma mère, la première en neuf mois de pensionnat. Je devais me réjouir, Lucia avait séduit un beau parti, un officier de cavalerie. Des fiançailles étaient à prévoir et avec elles, la fin des problèmes pécuniaires pour notre famille. J'étais heureux pour ma sœur, d'autant que...

Sandro s'éclaircit la voix – elle venait de se voiler d'une étrange façon – et reprit :

— Exactement à la même époque, un nouveau professeur de composition prit son poste au pensionnat où je résidais. Il était beau, napolitain, et portait un nom intrigant aux sonorités espagnoles...

Malgré le moelleux du matelas et la douceur de la nuit, Lorenz sentit le froid le gagner. La jalousie venait de lui piquer l'échine.

Sandro le perçut immédiatement. Il se releva et se tourna vers son amant. Ses yeux brillaient dans la lumière du clair de lune qui inondait à présent leur lit.

— Jure-moi de ne pas m'interrompre, car ce que je vais te dire, j'en suis sûr, va te révolter, et il faut que tu gardes à l'esprit que tout cela appartient au passé, tu ne peux plus m'en sauver.

Lorenz déglutit ; cette promesse n'était pas des plus faciles à tenir pour un caractère chevaleresque comme le sien.

— Je te le jure, mais viens dans mes bras, que je te sente tout à moi dans ce présent que nous partageons et où je peux te protéger.

Sandro retourna se blottir contre son cœur et continua son récit :

— Cet homme... Il était de vingt ans mon aîné. Il avait un visage noble et racé de prince d'Orient, des manières et un charisme de seigneur des temps lointains. Si beau... Il me prit en affection, tandis que je trouvais en lui un confident pour remplacer ma sœur qui ne m'écrivait plus guère. J'avais 17 ans, c'était mon professeur, je lui vouais un respect sans bornes. J'ai tout raconté à cet homme : mes peines, mes espoirs, mes doutes, mes désirs. Mais, au lieu de l'ange bienveillant que j'espérais, c'est le diable qui vint se nicher dans l'innocence que j'offrais sans méfiance. Mon beau professeur était un séducteur dans l'âme. Il avait des mots qui pouvaient ensorceler les jeunes esprits. La moindre de nos rencontres, les moindres de ses paroles prenaient pour moi une gravité de prêche. Mon maître maîtrisait l'art des gestes progressivement plus intimes, insistants sans être réellement inconvenants, puissants, impérieux, pleins de promesses, qui vous font sentir un roi sans ne jamais rien donner en retour. Il savait quelle peut être l'emprise de l'expérience sur un cœur encore vierge qui cherche à se connaître. J'en étais à attendre de lui qu'il me révélât ce que contenait mon âme. Ainsi, de ruse en séduction, le piège a mis peu de temps à se refermer sur moi. Quelques mois, tout au plus.

Lorenz sentit son cœur s'écraser de douleur et son esprit crier sous le coup d'une colère muselée. Il avait promis de ne rien dire, mais tout son être hurlait intérieurement. Après cette introduction pudique, il fallut à Lorenz un miracle de contenance pour parvenir à écouter, sans réagir, la confession de Sandro. Celui-ci lui avoua, rongé par le remords, l'ampleur de sa responsabilité dans cette imprudence coupable qu'il avait eue un après-midi de janvier où la curiosité et une confiance irréfléchie avaient, hélas, suffi pour laisser le charismatique professeur le dévêtir.

— Je n'aurais pas dû accepter, mais le désir avait été trop grand, les mots avaient été trop ensorcelants… Et j'étais trop naïf, admit Sandro.

Lorenz comprit. Une telle mésaventure n'avait rien d'exceptionnel. Combien de jeunes filles, combien de jeunes garçons, domestiques, écoliers, apprentis, subissaient le même sort, le doigt froid du destin se posant sur eux et les marquant du sceau maudit ? Fraîcheur, grâce, jeunesse, innocence, la main du vice pouvait tout salir, tout souiller, tout plonger dans l'ordure et la fange. L'âme de Sandro, si naïve et si tendre, cette âme jusque-là bercée par la musique, livrée désormais aux démons impurs : plus d'illusions, plus de rêves, point de douces surprises ; toute une vie poétique de jeune homme à jamais perdue. Car enseigner la luxure à de trop jeunes esprits, c'est leur voler l'innocence des premiers amours. Pour Sandro, la tragédie s'était nouée à la seconde où, invité par les gestes charmeurs du beau professeur, sa bouche s'était aventurée en des caresses interdites.

— Mes lèvres le goûtaient, j'avais fermé les yeux, sa main dans mes cheveux m'imposait une soumission que je confesse avoir désirée, mais… Le hasard, la malchance, la main de Dieu, peut-être, choisirent de frapper à cet instant précis. Un surveillant survint et… nous surprit.

À ce moment de son récit, la voix de Sandro s'altéra de chagrin. Le souvenir qu'il allait ressusciter était d'une telle violence que le faire ressurgir dans son esprit obligea le jeune homme à s'interrompre plusieurs secondes. La nuit s'était faite plus noire autour des deux amants.

Reprenant emprise sur lui-même, Sandro conta à Lorenz les cris, les mots cruels, la honte immense, mais surtout le mensonge, immédiat, vulgaire, de celui qui avait fait voir son vrai visage de monstre de lâcheté. Le professeur risquait le renvoi, alors, pour se défendre, il affirma que Sandro lui avait fait des avances. Pire ! Il clama que l'adolescent lui avait demandé de l'argent pour prix de ses faveurs, qu'il suivait là l'exemple de sa sœur, une courtisane avertie. Le directeur du pensionnat ne fut pas dur à convaincre de la culpabilité de Sandro. Sa beauté provocante était en soi un témoignage à charge. On le renvoya chez lui couvert d'opprobre, la cause du renvoi fut connue, sans doute cancané par son professeur qui, se sentant acculé, voulait à tout prix conserver sa réputation en salissant celle de son élève. Malheureusement, la famille du fiancé de Lucia en eut vent, les fiançailles furent rompues.

— J'étais au désespoir. Comment survivre ? Ma mère comptait tant sur cette union. Alors elle ne tergiversa pas longtemps. Après tout, c'était ma faute, mon ignominie, il fallait que je trouve l'argent du foyer. Des traites étaient à courir et nous avions des mois de loyer en retard. Pour ne rien nous épargner, on rentrait dans le cœur de l'été et tu sais ce que cela signifie…

Lorenz imaginait très bien. Au contraire de la plupart des grandes villes d'Europe, la saison estivale à Florence plongeait la cité dans une torpeur caniculaire. Les nobles et les riches, aimant d'ordinaire les fêtes et les concerts, avaient déserté leurs demeures urbaines, devenue étouffantes et poussiéreuses, pour aller faire la noce dans leurs immenses villas campagnardes.

Il fallait attendre l'automne pour que reviennent les flots de touristes étrangers. Il n'y avait plus de travail pour un musicien.

Sandro lui décrivit alors comment il avait erré plusieurs jours, par les rues, à la recherche d'une situation. En vain. Trop délicat, trop peu endurci, il ne correspondait pas aux emplois recherchés. Les créanciers se faisaient pressants. Lucia vendit jusqu'à son piano. Cela suffit à peine à garder leur toit : ils devaient trouver une solution.

— Celle-ci s'est présentée un soir, plus sombre que les autres, au détour d'une ruelle qui courait en périphérie de la ville, là où se regroupaient les artisanats les moins prestigieux, là où j'avais passé la journée à demander à être employé...

À cet instant, Sandro glissa sa main dans celle de Lorenz et le sculpteur fut bouleversé de la sentir trembler. Il l'enlaça aussitôt davantage, autant pour réconforter son jeune amant que pour se préparer lui aussi à ce qu'il allait entendre.

— Dans cette ruelle, à bout d'espoir et de volonté, rongé par l'humiliation de n'être bon à rien, hanté par la honte d'être né avec cette perversion de l'âme que la société entière abhorrait, j'ai cédé à un homme qui me proposa une somme alléchante en échange de pouvoir me posséder.

Ce qui avait suivi ce soir-là, Sandro le raconta à Lorenz d'une voix monocorde, vide d'émotion, comme on récite à son maître d'Histoire les manœuvres des troupes à la bataille d'Eylau[51]. Les faits n'en étaient pas moins atroces, et le sculpteur, en écoutant les détails de ce récit, sentit la bile lui gagner la gorge.

Cette première fois n'avait duré que quelques minutes. Sandro peignit l'arrière-cour glaciale, obscure, suintant d'une odeur âcre de décantation des cuirs, les mains rudes qui le pressaient à se déshabiller, la crainte d'être surpris par des passants, et l'instant, horrible, où il avait pris conscience qu'il était en train de se vendre. L'homme avait mis longtemps à

---

51   La bataille d'Eylau : 1807, victoire des troupes de Napoléon 1er, souvent citée pour la complexité de ses manœuvres et surtout pour le nombre faramineux de morts qu'elle a engendré. Victor Hugo en parle dans *La Légende des siècles* et Balzac dans *Le colonel Chabert*.

pouvoir le pénétrer tant son corps, crispé de peur, s'était refusé à vouloir accepter la reddition de sa virginité. Et puis, il avait bien fallu forcer la chose, sans quoi il n'aurait pas été payé. Sandro, de façon neutre et factuelle, fit brièvement référence à la douleur physique, aux sanglots qui lui avaient échappé, et au sang qu'il avait vu pour la première fois couler entre ses cuisses. Il ne savait pas, alors, comment s'épargner de telles blessures.

Lorenz écouta, écouta encore, sans bouger, paralysé de rage. Il tint sa promesse, même quand Sandro en vint à lui décrire, plus longuement, le silence. Le silence lorsqu'il s'était rhabillé et qu'il avait pris son salaire. Le silence qui l'avait accompagné dans les ruelles jusqu'à la maison de sa famille. Le silence de sa mère lorsque celle-ci avait accepté cette manne soudaine charriant avec elle des odeurs de tannerie[52] et de sexe. Le silence ensuite, qui ne l'avait plus quitté pendant des mois, puisque incapable de gagner sa vie autrement qu'en se prostituant, il s'était résigné à ce sordide métier. Autour de lui s'était mis en branle tout un commerce lucratif et odieux auquel, rongé par la culpabilité, il n'avait pas eu la force d'échapper.

Après ses aveux, Sandro s'était tu, muet de honte. Lorenz l'avait serré fort contre lui. Son prince, sa vie. Il lui avait juré sur son âme qu'il allait trouver un moyen de le libérer de cette misère, de le soustraire à la rue. Il trouverait un moyen de payer, de l'arracher aux griffes du destin. Sandro l'avait alors embrassé et fait promettre qu'il ne ferait rien de tel, que cette faute était la sienne à expier et à réparer. Pour ne pas l'inquiéter, Lorenz promit, encore.

Et la nuit et l'amour, pour un temps, parvinrent à engloutir la réalité. Hélas, celle-ci, aiguillonnée par la lance du Destin, attendait son heure au seuil d'une journée nouvelle.

---

52   Comme les autres artisanats utilisant beaucoup d'eau, étant polluant et dégageant des odeurs désagréables, les tanneries étaient toujours installées hors des villes en aval des cours d'eau. Les quartiers des tanneurs étaient réputés pour être particulièrement insalubres.

Dans la tragédie classique :
Au quatrième acte, l'intrigue se noue définitivement et les personnages n'ont plus aucune chance d'échapper à leur destin.

SCÈNE PREMIÈRE

(Même décor. Le matin. Le soleil est déjà haut.)

Lorenz ne voulait pas quitter son lit. Il y était si bien étendu ainsi, plongé dans cette douce sérénité qui semblait ne plus vouloir le quitter. Et pourtant, la lumière du matin avait envahi la chambre. Blanche comme le voile d'une jeune mariée et chaude comme la couche d'une courtisane, elle donnait presque envie de se lever pour profiter de la journée qui commençait, radieuse, dans la belle cité de Florence. Le chant des oiseaux, à l'extérieur, emplissait la pièce. La vie bruissait de toutes parts, il y avait une joie particulière dans l'air, comme si le monde était plus léger, moins sombre, comme si l'Avenir s'était enfin réveillé dans cette ville assoupie sur les ruines de son passé.

Pelotonné dans ses bras, Sandro dormait paisiblement. De son visage, Lorenz ne voyait qu'une joue, un peu du menton et la pulpe délicieusement ourlée de sa lèvre inférieure. Ses paupières closes étaient dissimulées par une forêt de mèches brunes ébouriffées et son nez enfoui contre son torse. Le sculpteur lui dévoila tendrement l'épaule, restée nue sous le léger drap de soie qui le couvrait à peine. Il osa y déposer l'esquisse d'un baiser, à peine un effleurement. La peau nue de Sandro était chaude, tout comme son souffle régulier et profond qui glissait sur la poitrine de Lorenz et lui réchauffait le cœur.

— Que m'as-tu fait pour que je t'aime à ce point ? murmura-t-il, ému soudain par cette peau douce qui frémissait sous ses lèvres.

Cette nuit avait été indescriptible. Une nuit de confidences ponctuées de plaisirs, leurs deux êtres semblant conçus pour s'unir, se mêler, leurs plaisirs surgissant aux mêmes instants, communiant en de pareilles extases. Sandro était son miroir et son opposé. Une âme si complémentaire et jumelle dans ses différences que Lorenz savait qu'il pourrait passer l'éternité entière à en faire le portrait sans pouvoir s'en lasser.

Cette nuit, ils s'étaient aimés et livrés encore davantage, par les gestes et surtout par les mots. Ils s'étaient grisés de caresses. Lorenz se revoyait haletant, éperdu de plaisir et si étrangement heureux dans cette extase partagée où les sentiments s'entrelacent de drames, où les instants de jouissances sont des confessions, où les cœurs s'ouvrent et l'amour se déverse, dévastant tout sur son passage.

Quelle vie que celle de Sandro ! Combien de tragédies, combien de souffrances, combien d'espoirs et de moments d'exaltation ! La musique l'avait sauvé. Lorenz avait compris que cet art majeur avait formé l'esprit vif de Sandro et permis à son âme de garder la lueur d'innocence qui le rendait si beau. C'était la musique qui avait modelé la beauté de son cœur et nourri son courage.

Ce matin, Lorenz regardait son amant, la ligne de son profil décidé, ses paupières closes sur des yeux extraordinaires et ses mains de virtuose ; et là où le monde voyait un être corrompu et perdu par le vice, lui voyait un héros. Le prince des contes qui à force de courage devenait roi, malgré les blessures d'un destin funeste, malgré les cruelles trahisons ; l'exceptionnelle beauté d'une âme noble sous la boue de l'existence. Lorenz avait deviné juste. Oui, Sandro était bien en partie de sang noble par son père.

À peine réveillé et malgré les dernières brumes de sommeil qui lui mangeaient la mémoire, Lorenz était encore capable de se souvenir des moindres détails de l'atroce récit de son jeune amant. Chaque mot, jusqu'aux inflexions de sa voix, lui revenait à l'esprit.

Cette nuit, Sandro lui avait fait entrevoir son passé de jeune prodige, les moments de bonheur à vivre de musique et d'inspiration, virevoltant avec sa sœur de salons en salles de bal, de concerts en récitals dans les palais de France et d'Italie. Mais il devait se l'avouer, il y avait eu, au cours de cette longue nuit où leurs caresses ouvraient la porte aux confidences, des aveux dont l'amertume restait encore tapie au fond de son âme. Rage, jalousie et envie de vengeance avaient noirci les pensées de Lorenz lorsque son jeune amant avait fini par évoquer le tour tragique que sa vie avait pris. Il y avait eu un homme à l'origine de sa déchéance. Celui qui l'avait jeté dans l'abîme, celui que Lorenz haïssait violemment, de tout son être, celui qu'il voulait retrouver et occire dès qu'il en aurait la possibilité. De nouveau, les mots de Sandro lui revinrent en mémoire avec une étonnante netteté : « C'est le diable qui vint se nicher dans mon innocence offerte. »

À présent, dans ce lit baigné de soleil, Lorenz se reprenait à être gagné par la colère. La belle douceur du matin en était salie par la rage qu'il avait à vouloir venger l'honneur de son amant. Il plongea son nez dans les cheveux bouclés du jeune musicien et calqua sa respiration sur la sienne pour s'apaiser.

En le découvrant ainsi blotti contre lui à son réveil, Lorenz avait passé son bras autour de la taille de Sandro en un réflexe possessif. Lui, devenu « possessif », pour cet être tendrement aimé qui, la veille encore, lui était inconnu et qui, déjà, avait fait la pâture d'un très grand nombre d'hommes. C'était une situation étrange, déstabilisante, pourtant il gardait fermement en son cœur la certitude de ses sentiments. Et à présent, il ne pouvait même plus concevoir que Sandro pût lui être arraché, pour aller au hasard appartenir à d'autres. Cette pensée le tourmentait. Il se savait impulsif et féroce à défendre ceux qu'il aimait. Il devait trouver un moyen d'empêcher cette fatalité.

Les oiseaux piaillaient de plus belle aux fenêtres de la villa. Lorenz inspira profondément et se força à chasser pour un moment de son esprit les noirceurs de ce passé trop sombre contre lequel il ne pouvait rien. Il tendit le cou pour de nouveau caresser de ses lèvres la courbe délicate de l'épaule de Sandro.

Un long soupir de contentement, puis une voix alourdie de sommeil animèrent la chambre.

— Est-ce l'heure de se lever ? lui demanda Sandro sans ouvrir les yeux.

— Non, rendors-toi, tu en as certainement besoin, souffla Lorenz en continuant à embrasser son cou, son oreille, l'entrelacement sauvage de ses boucles brunes.

Sandro eut un sourire discret, qu'il enfouit contre le torse de Lorenz, et ses jambes s'étirèrent contre les siennes comme un chat qui s'éveille. Ses mains curieuses et maladroites de sommeil cherchèrent à lui saisir les fesses. Lorenz se mit à rire de bon cœur ; son amant semblait savourer ce moment et le fier Autrichien avait appris au cours de cette belle nuit à apprécier – juste revanche – de se faire envahir ainsi. Il l'enlaça davantage, joua à l'étreindre trop fort, à l'étouffer de baisers, puis à l'arracher à la chaleur des draps. Sandro râla et se débattit sans conviction, semblant au contraire adorer ces taquineries. Il finit par se cacher sous une pile d'oreillers, et s'enrouler dans le drap tant et si bien que Lorenz ne distinguait plus de lui qu'une touffe de cheveux bruns.

— Puis-je rester couché encore un peu ? émit Sandro d'un ton suppliant étouffé par les coussins.

Lorenz ne pouvait pas être plus attendri qu'il ne l'était à présent. Il cessa de tenter de le soustraire à Morphée[53] et vint plutôt glisser son nez tout contre sa nuque pour s'emplir de l'odeur de sa peau chaude. Il poussa un long grognement de plaisir. Ce moment était parfait.

— Dors tout le jour, mon prince, il ne me restera que la nuit pour t'aimer et je trouverai mille finesses, alors, pour parvenir à te garder éveillé, ronronna-t-il, tentateur.

Les oreillers s'écartèrent aussitôt et Lorenz n'eut que le temps de se relever sur les avant-bras avant que Sandro lui attrapât le cou pour venir cueillir sur ses lèvres un baiser, puis deux, puis trois, puis un quatrième, long, profond et sensuel. Il finit par rire tout en l'embrassant et, lorsqu'il mit fin à leur étreinte, ses joues étaient joliment rosies. Allongé sur le dos et la tête confortablement enfoncée dans un coussin moelleux, se mordillant la lèvre inférieure entre ses petites dents blanches, les yeux mi-clos et ses doigts qui jouaient à parcourir le corps du sculpteur : tout dans l'attitude de Sandro rappelait à Lorenz une allégorie du péché.

Le sculpteur retint son souffle.

Oh, mon âme, sois ferme et résolue !

Il devait s'avouer qu'il peinait à ne pas céder à de plus bas instincts. Les deux amants n'avaient pas été jusqu'au bout de leur union la nuit passée, autant par une commune envie de se découvrir doucement que par une volonté de Lorenz de ne pas imposer quoi que ce fût qui n'eût pas été librement désiré par son amant. Trop d'hommes avaient contraint Sandro à des étreintes douloureuses, trop d'entre eux avaient savouré cette souffrance. Il ne pouvait se résoudre à faire partie de la lignée des immondes jouisseurs en venant à son tour réclamer un droit à posséder ce

---

53 Morphée, figure mythologique du Sommeil, est, malgré son joli « e » final, un charmant jeune homme, fils d'Hypnos, dieu du Sommeil, et de Nyx, la déesse de la Nuit.

qu'il ne méritait pas. Il se pencha pour lui embrasser longuement le cou, l'esprit perdu dans de profondes réflexions.

— Où tes pensées s'égarent-elles ? demanda Sandro, observateur.

Lorenz rougit. Il se devait d'être honnête.

— Elles s'égarent en effet et c'est te posséder que mon corps réclame à ma raison, avoua-t-il d'une voix que le désir rendait plus rauque.

Sandro se crispa à cette confession et Lorenz s'écarta aussitôt. Les deux iris bleus étaient plantés dans les siens. Ils l'observèrent un instant et le jeune homme finit par se tranquilliser en lisant dans le regard du sculpteur l'absence d'intention brutale. Il baissa les yeux sur le torse de Lorenz, là où courait une fine ligne de chair éclaircie, souvenir d'un jeu d'enfants turbulent qui avait mal tourné. Il caressa tendrement la cicatrice.

— Laisse-moi me reposer une heure de plus et tu pourras prendre ce qui t'appartient, lui souffla-t-il, très sérieux.

Lorenz sentit sa gorge se nouer. Il se redressa et saisit vivement les mains de Sandro, qu'il étreignit contre son cœur.

— Non, je ne voulais pas que tu… Tu n'as pas à m'appartenir, tu ne me dois rien, Sandro, je te veux libre… dit-il avec élan.

Il posa son regard sur leurs doigts entrelacés.

— Pardonne ma maladresse, ajouta-t-il, mortifié de son manque de tempérance.

Le visage de Sandro s'éclaira d'un sourire empli d'une affection sincère. Il attira les mains du sculpteur à ses lèvres et en baisa les paumes rugueuses tendrement.

— Lorenz, je ne suis pas libre, et je sais que tu n'es pas le propriétaire des chaînes qui me retiennent. Je n'attends pas de toi que tu me sauves et tu devrais savoir à présent que je ne vaux pas tout ce que tu…

Il n'eut pas le loisir de continuer sa phrase, le sculpteur scella de son pouce sa bouche pour le faire taire. Sandro poussa un soupir résigné, son regard clair était teinté d'inquiétude. Lorenz dessina pensivement des doigts le contour de son visage, puis lui dit d'une voix calme et résolue :

— Ce que tu m'as offert de toi, déjà, est bien trop beau pour ce que je puis te payer en retour. Je ne veux rien de plus que te voir sourire. C'est bien plus que ce que j'étais en droit d'espérer. Maintenant, repose-toi autant que tu le souhaites.

Il lui embrassa galamment le dos de la main et, en se levant, ajouta :

— Si tu as faim, le déjeuner sera servi sur la terrasse. J'y serai à t'attendre.

Lorenz écarta les voiles du baldaquin et, après lui avoir adressé un dernier regard teinté de dévotion, il descendit du lit, s'habilla rapidement et sortit de la chambre, ne sachant pas qu'il laissait Sandro à ses pensées plus qu'au sommeil.

SCÈNE II

(*La terrasse à l'étage de la villa. Le soleil est haut dans le ciel. On entend monter des cuisines et de la buanderie les bruits du quotidien, seuls indices que l'on se trouve en pleine ville. Enveloppés de végétation, les lieux semblent coupés du monde.*)

Le large balcon de pierre donnait sur la cour intérieure. Lorenz aurait pu voir, en se penchant à la balustrade, les quelques employés des lieux aller et venir en bas, entre les cuisines et les communs. Il appréciait énormément cette terrasse isolée et ensoleillée. Il y avait installé une lourde table en bois, usée et lissée par le temps, à laquelle il pouvait rester seul à lire sans être dérangé. Mais, aujourd'hui, l'impatience grignotait trop sa quiétude sans qu'il n'y pût rien faire. L'air embaumait littéralement de l'odeur des fleurs, qui poussaient abondamment dans de grosses jardinières en métal placées sur tout le pourtour de la terrasse. Il faisait un temps et une atmosphère à courir les rues ou à faire la sieste, mais certainement pas à rester assis là.

Lorenz était perdu en pleine réflexion. Malgré l'ombre du bougainvillier qui courait sur une treille au-dessus de la table, le soleil était vif et le papier blanc de la lettre qu'il avait entre les mains lui brûlait les yeux. Cette lettre était écrite par une femme, un « L » pour toute signature. Il s'agissait d'un mot de Lucia. Le sculpteur se passa une main sur le visage. Cette lettre avait les accents de l'urgence. Il aurait dû y répondre rapidement, et pourtant, quelque chose en lui frémissait d'inquiétude ; un instinct de méfiance, un soupçon, l'empêchait de le faire. Cette lettre était suspecte. De plus, un détail, cette nuit, dans la confession de Sandro, avait retenu son attention. Un nom. Aylin. Étrange, les pièces du puzzle semblaient correspondre à un tableau différent. Il replia la feuille précautionneusement et la glissa dans sa poche.

Lorenz posa son attention sur un moineau, un peu plus téméraire que les autres, qui s'approchait en sautillant des plats à demi entamés laissés sur la table. L'oiseau lorgnait les petites fraises sucrées et les miettes des tranches d'une brioche joufflue. Il n'aurait certainement pas le goût de tremper son bec dans la jarre de miel en argile qui trônait près du pichet de vin, mais les graines de sésame dispersées autour d'un petit plat à condiments juste à côté l'intéressaient beaucoup. Lorenz sourit de la témérité de l'oiseau voleur ; il était vrai qu'une telle abondance avait de quoi faire envie. Il s'était lui-même permis, une fois dix heures sonnées, de grignoter un peu, ne résistant pas aux quartiers d'une orange juteuse, à une tartine de pain mouillée d'huile d'olive et à un peu de faisselle fraîche sucrée au miel. Il vivait après tout dans la Toscane des couleurs et des senteurs, des goûts et des plaisirs, un genre de Paradis terrestre qu'il avait la chance de pouvoir apprécier.

Un écrin faisant un bien beau décor pour une histoire d'amour, pensa-t-il.

Le moineau s'envola soudainement.

— Oh, pardon, je ne voulais pas vous... *te* déranger.

Lorenz se retourna vivement pour accueillir son invité. Il avait attendu de pouvoir entendre cette voix pendant plus d'une heure. Quand ses yeux se posèrent sur Sandro qui se tenait presque timide à l'orée de la treille, il en perdit un instant la parole.

Le jeune Florentin s'était simplement couvert d'un des draps de soie du lit, qu'il avait ajusté sur son épaule et noué à sa taille à la manière des toges antiques. Avec sa peau cuivrée et sa musculature fine, presque féline, sublimée par un drapé qui révélait bien plus qu'il ne cachait, il ressemblait à une œuvre de Donatello à laquelle on aurait insufflé la vie. Il était tout bonnement délicieux de volupté, de grâce, d'abandon lascif et de pudeur craintive. Il sourit devant l'air subjugué du sculpteur, qui le dévorait des yeux, heureux sans doute de l'effet que sa nudité à peine voilée pouvait avoir sur celui-ci.

Il s'approcha de la table. Lorenz remarqua que sa démarche pleine d'assurance ne parvenait pourtant pas totalement à dissimuler une certaine hésitation. Cette ombre de timidité, au milieu de toute cette belle impertinence, n'était pas sans séduction.

Lorenz se leva pour lui laisser le siège confortable, pourtant Sandro choisit plutôt de contourner la table et, appuyant ses coudes sur le rebord du balcon, il se pencha pour observer la cour, laissant ainsi au sculpteur tout le loisir d'apprécier ses jambes magnifiquement dessinées et ses charmants pieds nus, la courbe de ses reins et ses jolies fesses dont le galbe se devinait sans peine sous le tissu de sa toge improvisée.

Lorenz prit une profonde inspiration ; il avait soudain très chaud et le soleil d'Italie n'y était pas pour grand-chose.

— Personne ne peut nous voir d'ici ? demanda Sandro d'un ton léger.

— N-Non, c'est un lieu destiné au calme et à l'étude, on m'y dérange rarement, répondit Lorenz avec moins d'aplomb qu'il ne l'aurait voulu.

Sandro se redressa et, toujours appuyé nonchalamment sur la balustrade, se tourna vers lui. Il fronça les sourcils et hasarda soudain :

— Sais-tu ce qui me déstabilise le plus chez toi ?

Rendu un peu gauche par cette vive spontanéité, Lorenz ne sut que répondre un « non... ? » mal assuré. Sandro se mordilla la lèvre comme s'il hésitait à donner la solution à une énigme de la plus haute importance, puis se lança :

— Tes yeux. Lorsque tu me regardes, je vois tour à tour de la colère et de la compassion, de la candeur et de la sagesse, et puis vient une ombre suivie d'un éclat et je crains que tu ne t'arraches le cœur pour me l'offrir à genoux.

Sandro sourit à la mine déconfite que venait de prendre Lorenz.

— Je n'arrive absolument pas à lire en toi, et cela me trouble énormément.

— Je t'effraie ? demanda Lorenz, visiblement désolé. Pardon, je ne suis pas à l'aise avec la démonstration de mes sentiments et c'est la première fois que s'éveille en moi une telle...

Sandro quitta immédiatement le rebord de pierre pour venir l'enlacer et ne pas lui laisser le temps de se perdre en excuses inutiles. Lorenz l'accueillit dans ses bras aussi naturellement que s'ils avaient passé la moitié de leur vie à se tenir ainsi.

— Non, ne t'excuse pas ! Je suis maladroit, moi aussi. Cette remarque n'était qu'une manière de t'avouer que si mon comportement peut te paraître singulier, c'est que je suis moi-même totalement étranger à une situation comme celle-ci, comme la nôtre... où je...

Lorenz, le cœur débordant d'affection, lui enjoignit du regard à continuer. Ce que fit Sandro après une seconde de timide réflexion.

— ... une situation où je ne suis pas un objet soumis à la volonté d'un client. Où je peux désirer... et prendre plaisir à être désiré et vouloir que tu... me... caresses, que tu me...

Le rouge lui monta aux joues et il s'interrompit. Lorenz sentit sa poitrine se gonfler de joie. Le sourire qui naquit sur son visage devait être particulièrement radieux, car Sandro laissa échapper un rire. L'atmosphère était soudain redevenue délicieusement légère, comme les taches de soleil et d'ombre filtrées par les feuillages qui dansaient sur la peau nue de Sandro, de son épaule, de son bras, de son front, comme la lumière qui scintillait dans ses si beaux yeux saphir.

— Un désir de toi, mais je n'ai pas d'autre credo ! Ordonne, mon prince, et j'obéirai ! clama Lorenz, ravi de ce rire, de cette adorable déclaration et de la beauté du monde.

Sandro soupira, mais sourit malgré tout encore de cet enthousiasme franc.

— Je ne suis pas un prince et...

Lorenz suspendit cet argumentaire cent fois entendu, trop heureux pour laisser son amant mettre en doute son empressement à l'adorer.

— TU L'ES ! Et mon cœur t'appartient, ainsi que mon corps et mon âme, ordonne, te dis-je, exige, je suis tout à toi, insista-t-il d'une voix transportée de ferveur.

— Oh, Lorenz, que me demandes-tu ? finit par murmurer Sandro avant de se taire pour mieux plonger ses yeux d'azur dans ceux du sculpteur.

Celui-ci fit de son regard un livre ouvert dans lequel il espérait que son amant pourrait lire toute la loyauté de ses intentions. Après un moment à l'observer, Sandro inspira une pleine goulée d'air et se libéra de ses bras. Il regarda autour de lui : la terrasse, les fleurs, le beau soleil éclatant. Il sembla réfléchir un instant, puis un éclat particulier, espiègle, apparut dans son regard. Il avisa la table et, sans plus de cérémonie, s'assit sur le lourd plateau de bois, ses jambes nues pendant dans le vide.

Puis il se pencha pour atteindre derrière lui la coupe de fraises ; ce faisant, le tissu enserrant ses reins remonta et découvrit davantage ses cuisses, le mouvement s'arrêtant à quelques centimètres d'être fort impudique. Il se saisit de deux petits fruits qu'il croqua avec gourmandise en fermant les yeux, le jus rouge venant colorer sa bouche qui n'avait pas besoin de davantage pour être irrésistible. Il se redressa lentement et lança un regard interrogateur à Lorenz qui n'avait pas bougé, parfaitement paralysé de désir.

Voyant qu'il avait toute l'attention de son amant, Sandro rajusta sa toge de fortune et lui sourit avec défi : *r*ésiste-moi si tu l'*oses*, semblait-il dire.

L'instant d'après, il trempait son index dans la jarre de miel toute proche de lui et portait son doigt à sa bouche tout en ne quittant pas Lorenz des yeux une seconde. Celui-ci observait avec fascination les délicates lèvres rosées devenir humides et brillantes, et la langue habile chasser les gouttes sucrées coulant jusque sur sa paume. Il était hypnotisé par ce regard d'un bleu si pur qu'il vous chavirait l'âme, vous ensorcelait et vous poussait vers l'abîme. Et cette bouche ! Quel Dieu pouvait avoir créé pareil objet de tentation ?

Lorenz testa sa propre résistance plusieurs trop longues et douloureuses secondes. Il lutta contre le désir insoumis qui lui brûlait les reins, qui lui ordonnait d'agir, de prendre ce corps, de s'y fondre. Sa raison tremblait sous l'effort. Avait-elle une chance de gagner ? Bien sûr que non. N'y tenant plus, mû par une fougue qu'il ne pouvait contrôler, Lorenz vint saisir le poignet de Sandro, qui n'eut même pas la modestie d'en être surpris. Le sculpteur porta avidement l'index encore mouillé à ses propres lèvres. À ce geste, il vit Sandro retenir son souffle et cela lui arracha un sourire satisfait. Il prit alors un temps appuyé à sucer ce doigt au goût de sucre, dans une réplique d'un acte bien plus intime. Il lui fit entrevoir ce qu'il y avait derrière le jeu de la séduction et du désir, du péché et des délicieux interdits, l'instant où les barrières de la pudeur cèdent. Puis, voyant le jeune homme se lécher la lèvre inférieure avec provocation, Lorenz relâcha immédiatement sa main pour venir baiser cette bouche qui lui faisait tellement envie. Elle aussi avait la saveur sirupeuse du miel et des fraises. Elle, surtout, était tentatrice, chaude, accueillante. Elle l'enivrait et il voulut profiter tout son saoul de cette douce ivresse.

Mais Sandro, déjà, le repoussait doucement et le sculpteur en fut un instant décontenancé. Son jeune amant lui sourit, malicieux, et tendit la main pour replonger son doigt dans le miel. Mais au lieu, cette fois, de porter son index à ses lèvres, il écarta le pli de soie qui lui couvrait la poitrine. Le tissu coula de son épaule jusqu'à découvrir tout son torse, et Sandro traça sur sa peau nue un chemin de liquide doré glissant de sa pomme d'Adam à la naissance de ses abdominaux.

À cette vue, Lorenz émit un feulement. Le désir était maître, ses nerfs vibraient de tension contenue. Sandro, le menton haut, immobile, le toisant d'un regard impérieux, attendait la reddition. Il était d'une beauté sublime, habillé de la seule lumière du soleil d'été qui courait sur sa peau cannelle et en faisait briller le grain comme s'il avait été couvert de poussière d'or. Lorenz posa ses deux mains sur le bois de la table, des deux côtés des cuisses fermes encore joliment drapées de soie blanche. Il se pencha lentement et déposa un premier baiser sur le cou impudiquement offert. Le pouls régulier battait sous ses lèvres, le souffle rapide tendait la gorge de son amant. Lorenz releva les yeux vers ceux de Sandro ; celui-ci avait les prunelles voilées de désir, il respirait par saccades, faisant un effort visible pour, lui aussi, dompter son excitation.

Lorenz sourit de leur commune obstination à retenir leurs ardeurs. Il se pencha de nouveau et cette fois parcourut de la langue la ligne sirupeuse, en gourmet, consciencieusement, lentement. Il ne voulait que ce seul contact ; il crispait les poings sur le bois de la table, empêchant toute autre caresse à ses mains, ce qui aurait ajouté une saveur de trop à cette dégustation d'esthète. Il voulait concentrer tous ses sens sur cette seule action, déjà si sensuelle qu'elle lui demandait une retenue inhumaine pour ne pas atteindre l'orgasme, là, alors qu'ils n'avaient encore rien fait.

La peau de Sandro, brillante et humide sous le velours de la bouche de Lorenz, frissonna. Et un soupir, presque un gémissement, lui échappa. Lui aussi luttait contre ses sens, il en tremblait d'anticipation.

Après avoir fait disparaître toutes traces de sucre, Lorenz finit par embrasser son ventre d'un baiser claquant comme une signature au bas d'un poème.

Il se releva encore une fois, debout devant Sandro, son prince, attendant un geste, une directive, une demande ; tout son corps, à commencer par son sexe, tendu du besoin presque douloureux d'être assouvi. Sur la terrasse, il n'y avait pas d'autre bruit que le frémissement des feuilles. À croire que la nature tout entière se faisait silencieuse pour ajouter à sa fébrilité.

Sandro inspira, ses yeux étaient ancrés à ceux de Lorenz. Le soleil faisait étinceler ces prunelles et ses joues empourprées tenaient Lorenz sous hypnose. Lui guettait un signe, une autorisation à continuer ce jeu diablement érotique où il était l'esclave consentant.

Lorsque Sandro tendit de nouveau la main droite vers la jarre, cette fois, il y plongea tous les doigts, qui en ressortirent trempés de miel. De lourdes gouttes coulèrent le long de ses phalanges et des perles dorées tombèrent sur la table. Il perdit un instant à observer ce gâchis décadent et superbe.

Il se redressa, assis bien droit et, de sa main gauche, il dénoua très calmement le pli de tissu encore retenu à sa hanche, puis, d'un geste d'une grâce souveraine, il dévoila son côté, son aine et enfin la soie glissa jusqu'à découvrir son sexe dressé par une belle érection.

Là, avec l'insolence d'un jeune dieu qui savoure une coupe d'ambroisie face aux pauvres mortels, il caressa sa hampe de sa main poisseuse de miel. Un râle de plaisir voulut s'arracher à sa gorge, il le retint par défi. Après plusieurs longues secondes, il cessa de se masturber, essuya sommairement ses doigts à la soie du drap sur lequel il était encore assis. Posant ses paumes derrière lui pour mieux cambrer ses reins, il écarta ostensiblement les cuisses et, enfin, Sandro planta son regard d'azur dans celui de Lorenz. Il n'avait pas dit un mot, et pourtant la demande, la requête, l'ordre, était clair.

Lorenz déglutit. C'était l'image la plus sensuelle et la plus indécente qu'il eût jamais eue sous les yeux ; c'était à elle seule la promesse d'une damnation éternelle. Mais il n'avait, en cet instant, aucun regret à abandonner tout espoir de salut. Sans une once d'hésitation, bien que ce fût pour lui la première fois qu'il s'apprêtait à donner du plaisir par un acte qu'il s'était toujours, inexplicablement, refusé à offrir à ses partenaires, il posa genoux à terre et enfouit son nez entre les cuisses ouvertes, là où l'odeur du sucre et du musc se mêlaient. Il posa ses mains sur les deux jambes musclées, les maintenant ainsi fermement écartées, plus pour s'ancrer lui-même à la réalité que pour restreindre Sandro d'une quelconque manière. Et de sa langue, il commença à goûter toute la longueur de la verge de son amant.

Le goût du miel saturait son palais, mais ne parvenait pas à totalement dissimuler la saveur plus intime qu'il devinait et qu'il chassa jusque sur l'extrémité du gland. Lorenz enroula sa langue autour de la hampe ointe de sirop doré et lécha, goulûment, poursuivant chaque trace de miel avec avidité. Lorsqu'il s'interrompit pour reprendre son souffle, il avait le visage barbouillé de sucre et de salive. Il releva les yeux pour vérifier si le jeune musicien appréciait autant que lui ce jeu de gourmandise sulfureux.

Sandro semblait avoir cessé de respirer, ses pupilles étaient agrandies de stupeur et de plaisir, et il regardait l'artiste comme s'il était une apparition divine. Après plusieurs secondes, d'un geste incroyablement doux, il emmêla ses doigts restés propres dans les cheveux de Lorenz et l'invita à continuer sa caresse. Ce à quoi ce dernier obéit bien volontiers.

Il saisit d'abord entre ses lèvres la chair douce et rougie du gland, et suça lentement. Puis il insinua le bout de sa langue contre la petite fente si sensible, et sentit Sandro se tendre et ses muscles se crisper. Il la titilla alors, un long moment, jusqu'à ce qu'un gémissement, presque une supplique, finît par échapper à son amant. Satisfait, il ouvrit largement la bouche et avala l'érection palpitante qu'il se força à accueillir d'une seule goulée le plus loin possible dans sa gorge.

L'effet fut fulgurant.

Sandro poussa un long râle de ravissement dont la vibration roula dans tout son corps en même temps que le bruit résonnait en écho dans la cour de la villa. Sandro plaqua le dos de sa main sur ses lèvres pour retenir ses gémissements, mais il ne parvint qu'à peine à les assourdir. Lorenz prit cette réaction pour un encouragement et commença à lui donner du plaisir ainsi, par les va-et-vient langoureux de sa tête et les caresses affamées de sa bouche. Il savourait la texture chaude et le velours de la peau, sa langue massait cette virilité ferme et lourde autour de laquelle il étirait ses lèvres avec délice. Il percevait déjà l'orgasme qui montait, le goût du sucre depuis longtemps remplacé par celui, plus entêtant, de l'extase. Il avait déjà reçu de nombreuses fois ce type de faveur et, dans son orgueil de mâle, il avait toujours cru qu'il y avait une forme d'abaissement à s'offrir ainsi. Mais en cet instant, sous le soleil éclatant de cette matinée d'ivresse, enivré par les réactions de son jeune amant, il se sentait tout-puissant, exalté au-delà de toute description.

Bientôt les doigts de Sandro se crispèrent dans ses cheveux, presque à lui faire mal.

— Arrête, Lorenz, arrête ! haleta-t-il en cherchant fébrilement à le repousser.

Le sculpteur, un peu sonné, finit par s'exécuter.

— Je... Je veux que tu me prennes, maintenant ! ajouta Sandro, les joues rouges et tremblant comme une feuille.

Lorenz se releva, maladroitement, ses jambes étaient un peu engourdies. Son esprit embrumé de désir le faisait obéir sans réfléchir. Il commença à se dévêtir sous le regard fiévreux de Sandro. Peu à peu, oublieux de toute pudeur, il se déshabilla face à lui, et décida de ne rien garder pour cacher sa nudité.

Aussitôt Sandro, toujours assis sur la table, lui saisit les hanches violemment et le plaqua contre lui. Il cédait à son instinct, tout son corps palpitant de désir et du besoin impérieux d'être étreint, meurtri. Oui, que Lorenz s'attable à ce festin de chair, qu'il le dévore et qu'il ne laisse de ses illusions sentimentales qu'un tas de cendres et de douleur ! Dans une hâte brutale à être possédé, il s'empara de l'érection de son amant et la guida sans ambages vers l'entrée impudique de son être.

— Je te veux en moi. Prends, force, soumets, et ne crains pas de m'arracher des cris, implora-t-il avec fougue.

Ces mots, ces mains crispées, ces larmes qu'ils voyaient poindre dans les yeux de Sandro, cette folie ! Lorenz en recouvra instantanément la raison. Il s'écarta de son partenaire, surpris lui-même d'avoir perdu à ce point tout discernement. Bien sûr qu'il avait envie de le posséder, de jouir en lui, avec lui, mais pas au prix de l'avilir. Lorenz ne voulait pas gâcher ce moment précieux par une trop grande précipitation. Il ne voulait pas que la douleur s'invite dans leur étreinte.

Récupérant opportunément quelques réflexes de gentilhomme, il pensa à attraper sur la table un flacon d'huile limpide qui permettrait de faciliter leurs ébats. Il garda dans une main la bouteille et, de l'autre, invita Sandro à descendre de la table, puis, une fois celui-ci debout devant lui, il l'attira contre lui et l'embrassa avec passion.

Sandro goûta ainsi sur ses lèvres les traces de leur précédente caresse, et sembla s'en enivrer lui aussi et freiner un peu son empressement pour savourer ce baiser. Mais ils étaient tous deux extrêmement excités et le simple contact de leurs corps nus, peau contre peau, suant de plaisir, brûlant de luxure, était une frustration trop grande. Sandro mit fin au baiser avec un soupir agacé et repoussa soudain Lorenz avec force.

— Assez de ces tendresses. Fais-le, lui ordonna-t-il d'une voix étranglée de fièvre.

Il se retourna alors, s'appuya des deux mains sur le bord de la table et, écartant les jambes, présenta résolument ses reins à Lorenz qui, s'il avait été un rustre avide, n'aurait plus eu qu'à le prendre ainsi, crûment, en une saillie rapide, à même la table. Mais Lorenz ne concevait même pas d'être un énième profiteur de cette chair offerte. Il ne voulait pas que leur étreinte fût déflorée par cette rage à se donner, ce besoin de se punir qu'il pressentait tapis dans les ombres de la conscience de Sandro.

Lorenz inspira pour calmer ses sens, puis s'approcha de la belle croupe qui lui était offerte et en épousa d'une main tendre les courbes voluptueuses. Hélas, il vit aussi le tressaillement de peur que ce simple contact imprimait à la peau de son amant. D'un geste apaisant et sûr, il incita Sandro à se redresser et à se couler dans ses bras, son dos contre son torse. Ses doigts parcoururent amoureusement sa poitrine, effleurant ses tétons, sa paume glissa jusqu'à son sexe pour le masturber un instant.

— Qu'attends-tu ? gémit Sandro, à bout de patience. Que je te supplie ?

Lorenz en frissonna de désir. Il déboucha la petite bouteille qu'il avait gardée à la main et enduisit deux de ses phalanges de la belle huile blonde. Il savait qu'il lui fallait de la patience, mais elle devenait difficile à puiser dans son esprit déjà si embrumé d'envie.

— Pardonne ma lenteur, je nous l'impose. Car je crains que personne ne t'ait jamais possédé comme doit le faire celui qui aime véritablement, lui expliqua Lorenz en reposant le flacon sur la table. On a seulement perverti pour toi ce qui devait être un moment de plaisir partagé, en en faisant une douloureuse soumission. La cruauté de ces actes n'est en rien l'image de ce qu'est réellement une union entre deux êtres qui se désirent, fussent-ils deux hommes, ajouta-t-il en posant sa paume ouverte sur le cœur de Sandro, qui s'abandonna davantage contre lui, captivé par les gestes doux et le calme de la voix du sculpteur.

Lorenz glissa sa main aux doigts humides entre leurs deux corps étreints, les insinua entre les chairs fermes des fesses de son amant et frôla son intimité avec délicatesse. Le jeune homme tressaillit de nouveau. Sous la paume de sa main plaquée contre le cœur de Sandro, Lorenz sentit battre le pouls, violent et chaotique. C'était l'ombre d'une peur passée, un souvenir de douleur crue et sordide. Cela lui noua la gorge. Combien la tâche était ardue, combien il lui faudrait de douceur pour trouver pour eux deux des rivages plus cléments.

— Mon tendre amour, permets-moi de chercher une autre façon que la violence pour te faire connaître l'extase, souffla Lorenz à l'oreille de Sandro en déposant plusieurs baisers sur son cou pour l'apaiser.

Les battements tumultueux finirent par se tranquilliser sous sa paume. Il osa alors glisser ses doigts dans l'étroite intimité et, lentement, très lentement, en masser l'anneau de muscles, prenant un temps infini à vaincre sa résistance. Les yeux clos, il ne comptait que sur ses lèvres, posées sur la peau de son amant, à la jonction palpitante de son épaule et de son cou, pour sentir s'il lui faisait mal et pour percevoir l'instant où il découvrirait le subtil secret, la précieuse source d'un plaisir exclusivement masculin. Un frisson violent accompagné d'un soupir teinté de volupté lui assurèrent bientôt qu'il l'avait trouvé et l'abandon extatique qui suivit cette découverte le convainquit que Sandro était prêt.

Alors seulement, il le guida vers la table et l'invita à s'y allonger à demi, son bassin, son torse et ses bras, où il reposa sa tête, s'appuyant sur le vénérable bois attiédi de soleil. La table n'était pas si haute, et l'angle formé de son dos souplement penché et de ses jambes tendues dessinait un arc d'une sensualité captivante. Lorenz perdit un court instant à contempler les courbes de ce corps si superficiellement livré à tant d'autres, mais qui ne s'était offert réellement qu'à lui seul. De ses paumes, il flatta les hanches mâles et douces. De ses lèvres, il parcourut avec délectation la colonne vertébrale.

Puis, entendant la timide supplique de Sandro, qui lui enjoignait une nouvelle fois de prendre ce qui lui était dû, il s'arracha finalement à ses tendresses pour enduire généreusement d'huile son érection impatiente et draper le corps de son amant de son propre corps avant de pénétrer, enfin, au plus profond de lui.

La sensation chaude et douce du trésor vivant dans lequel il entrait l'engloutit si soudainement qu'il dut stopper son mouvement, de peur d'atteindre aussitôt l'extase. Il posa son front au creux des omoplates de Sandro et tenta de calmer sa respiration. Ses paumes étaient appuyées fermement sur la table, tout près des mains de son amant, et celui-ci entrelaça leurs doigts dans un réflexe d'affection. Lorenz en aurait pleuré tant ce geste tendre lui gonflait le cœur d'émotions. Il sentit l'étroit puits de chair qui enveloppait sa hampe se relaxer, et il osa amorcer un mouvement pour se retirer à demi et plonger de nouveau. Un profond gémissement accompagna la première houle de ses hanches et Sandro attira leurs mains jointes à ses lèvres pour qu'elles couvrissent ses cris de plaisir naissant. Car il était là, déjà, ce plaisir, frémissant et nouveau dans ce corps aimé avec respect pour la première fois.

Il ne fallut à Lorenz que quelques secondes de plus pour être enfin tout au creux de lui, son bassin épousant étroitement le galbe de ses fesses et son torse couvrant son dos. La sueur lui mouillait déjà l'échine lorsqu'il commença à le prendre ainsi, à la vue seule du ciel, sur cette terrasse baignée de soleil. Tous ses muscles se tendaient et s'abandonnaient tour à tour, la sensation était atrocement enivrante, délicieusement élémentaire. Lent et absolu comme le sont les vagues, il s'échouait en lui, se retirait pour mieux revenir, toujours plus loin. Sandro se cambrait, un genou à présent sur la table, tout son corps ouvert et offert pour mieux l'accueillir en lui, pour agripper ce plaisir qui grimpait à l'assaut de ses sens avec obstination. Sa voix, incohérente, accompagnait leur étreinte. Impudique, elle emplissait la cour d'une litanie de mots d'amour décousus où Lorenz reconnaissait parfois son prénom.

Enivré, il retint de moins en moins ses élans ; son esprit se noyait de volupté. Souffle après souffle, il s'approchait du vide délicieux et, sentant qu'il allait bientôt y chuter, il saisit dans sa paume le sexe palpitant de Sandro pour, d'une caresse ferme, l'inviter à le suivre dans l'extase. À ce seul geste, le jeune homme arqua violemment ses reins et poussa un cri que l'orgasme étranglait. Lorenz n'eut que le temps de plonger une dernière fois en lui. Le corps de Sandro se souleva de spasmes de plaisir auquel il fit écho longuement lui aussi, avant de finir par se retirer, de le prendre dans ses bras et, épuisé, de se laisser glisser doucement au sol avec lui, ses jambes refusant de le porter davantage.

Ils se retrouvèrent blottis l'un au creux de l'autre, à même la rude pierre de la terrasse dont leur peau nue n'était à peine protégée que par le drap de soie qui avait atterri là, par hasard, avec eux. Étroitement enlacés, couverts de sueur, de sperme, de miel et de soleil. Sublimes et innocents, ils s'étaient unis dans l'alchimie du monde où, par le seul désir d'un corps pour un autre, se fabriquent les plus bouleversantes aventures intérieures.

Après cette étreinte irréelle, ils se regardèrent, perdus dans le flot de leurs sensations et de leurs pensées. Les yeux de Sandro étaient deux saphirs brillants de joie et d'étonnement, ceux de Lorenz étaient aussi radieux que le ciel sans nuages qui leur servait de toit. Ils étaient heureux et n'avaient même plus assez de mots pour se l'exprimer.

Alors ils s'embrassèrent, se caressèrent, se refirent l'amour cent fois jusqu'à en être las et repus, oubliant qu'autour d'eux, le Temps continuait sa course, inexorable.

SCÈNE III

(*La chambre est envahie de brume épaisse. Des formes spectrales immobiles sont réunies autour du lit où se débat Sandro. Elles lui soufflent une complainte funeste.*)

Sur ses mains, du sang. Du sang. Chaud, poisseux, accompagné de cette odeur métallique qui vous sature les sens et vous répugne immédiatement. Longues traînées rouges sur sa peau nue, sur ses bras, sur ses jambes, sur son torse, c'est bien du sang qui s'insinue, épais, entre ses phalanges. Rubis fascinant de la vie qui s'enfuit, reconnaissable entre mille. Rivière qui s'écoule vers la mort, fascinante et terrible.

Mais il ne souffre pas.

Ce n'est pas lui qui saigne. Il sait que ce n'est pas lui. Et pourtant il y a des cris, autour de lui, quelqu'un appelle à l'aide. Il y a des larmes et des bruits de pas précipités. Et cela l'horrifie. Le sang est chaud, la blessure est fraîche.

Qui, alors ?

Qui saigne ?

Qui souffre ?

Des visages lui apparaissent dans un kaléidoscope morbide. Tout tourne et se brouille, son cœur s'emballe.

Qui est blessé ?

Son esprit est lourd et embrumé. Des dizaines de regards le fixent, des dizaines de possibilités de drames ; il cherche, il doit trouver, il le doit.

Ils le dévisagent tous, ils sont si nombreux, fantômes venus du passé et du présent, amis, famille, intimement connus, à peine croisés.

Et soudain, au milieu de la foule des souvenirs : un regard. Clair comme l'éclat d'une épée trempée dans l'eau d'une rivière. Un regard qu'il reconnaît, si profond qu'il s'y perd, comme à chaque fois, comme pour toujours. Hélas, en cet instant, ce regard, pour lui si tendre, ne reflète qu'une extrême douleur.

Et soudain, il sait !

(Les ombres disparaissent et la brume se dissipe.)

Sandro se réveilla en hurlant le prénom de son amant. Sa peau était couverte d'une sueur glacée et son cœur se débattait pour sortir du cauchemar où il avait été enchaîné quelques instants plus tôt.

L'écho de son propre cri lui résonnait encore aux oreilles et, lorsqu'il regarda ses mains, il lui sembla y voir le rubis du sang frais.

Il était dans le lit de Lorenz, seul. Les draps étaient chiffonnés et épars tout autour de lui, et la lumière basse sur l'horizon indiquait la toute fin d'après-midi. Il avait dormi deux heures, à peine plus. Sandro jeta un regard affolé autour de lui. Personne. Il se passa la main sur le visage. Comment oublier ces voix tourmenteuses et l'effroi qui venait de s'imprimer dans son esprit tel un horrible présage. Il en avait encore le cœur palpitant. Non pas qu'il eût d'ordinaire la peur des mauvais rêves ni celle des prémonitions, mais quelque chose d'étrange, cette fois, lui glaçait l'âme. Un goût de trop vrai qui lui faisait craindre que l'éden trouvé dans les bras de Lorenz lui fût arraché cruellement pour il ne savait quelles raisons. Et celles-ci ne manquaient pas !

Il se leva précipitamment, les membres encore un peu flageolants du réveil trop soudain. Ses muscles se contractèrent étrangement. Une indicible impression de manque le prit aux tripes. Lorenz. Tout son corps le réclamait, il avait besoin de la chaleur des bras de son amant. Cette chaleur soignerait tout, elle apaiserait ses craintes, ridicules. Elle réembraserait sa vie.

Où est-il ? Où est Lorenz ?

Sandro enfila rapidement ses vêtements, qui avaient fini par sécher depuis le jour précédent et leurs jeux dans la fontaine. Il n'avait pas eu l'occasion de les porter depuis la veille au soir et, en prenant conscience de cela, le rouge lui monta aux joues.

Lorenz et lui s'étaient aimés toute la nuit et une partie du jour, plongés tous les deux dans cet immense poème charnel qui s'écrivait toujours à l'aube des histoires d'amour. Car Lorenz n'avait pas été pour lui un amant, mais l'amour même. De l'amour, un sentiment nouveau et qui emplissait tout de sa douce lumière. Sandro avait découvert un univers entier, des immenses territoires d'extases et de tendresses, contenus dans les seules limites de leurs deux corps unis. C'était presque irréel d'avoir partagé autant d'émotions dans des actes aussi triviaux, des actes dont il croyait avoir l'expérience. Mais de toutes les étreintes qu'il avait connues, aucune n'avait la moindre ressemblance avec ce que Lorenz lui avait offert. Il sentait encore sur sa peau courir les doigts du sculpteur, son souffle glisser sur sa nuque, et ses lèvres caresser chaque parcelle de son être, le défaire de toute pudeur, de toutes contraintes morales, et inscrire enfin en lui le plaisir pur. S'aimer ainsi, aussi intensément, avait été d'une évidence absolue. Il était tout son monde, tout son cœur et tout son avenir. Sandro croyait en eux comme en la vie même, comme à une loi indiscutable, quelque chose apporté là par un destin bienveillant et qu'il n'avait pas le droit d'ignorer. C'était abominablement irrationnel, naïf.

Quelques heures seulement, si pleines, infinies par la somme de bonheur qu'elles avaient contenu. Même pas deux jours, le temps d'à peine une intrigue de théâtre[54], et pourtant cet amour lui était si précieux, déjà, qu'il sentait viscéralement qu'il ne supporterait pas de le perdre, qu'il ne pouvait plus vivre sans lui. Il aimait comme on aime pour la première fois à dix-huit ans et en Italie. C'était toute son âme qu'il avait offerte.

Un frisson le rappela au réel. La peur lui vrillait les nerfs. D'où venait-elle, cette angoisse fétide ? Elle lui grimpait le long de la colonne vertébrale et lui soufflait son fiel à l'oreille.

Où est Lorenz ?

Sandro finit de nouer ses sandales et sortit de la chambre trop silencieuse. Dans les corridors et les galeries : pas trace de Lorenz, pas plus que dans le cabinet de travail et sur la terrasse. Le vide résonnait partout où il l'appelait et l'air de la villa lui sembla soudain étouffant. De plus en plus inquiet, il descendit le grand escalier menant à la cour et se dirigea vers les communs, où il entendait les bruits d'une dispute. Un homme, une femme, dont il crut reconnaître les voix.

— … N'en dites rien à mon frère, il a l'honnêteté chevillée au cœur, il refuserait de vous suivre.

---

54 Dans le théâtre classique, l'intrigue doit se nouer en seulement 24 heures, on appelle cela l'unité de Temps. Les auteurs dramatiques font en sorte de s'astreindre autant que possible à cette règle, ce n'est pas toujours facile. *Le Cid* de Corneille, par exemple, se déroule ainsi : 1er jour/pause de la nuit/2e jour, soit deux fois douze heures en trichant un peu.

— Croyez-bien que je me moque des susceptibilités de votre frère, je ne vais pas me gêner pour...

Sandro arriva à l'instant où Nikolaus s'apprêtait à terminer sa phrase. Il ne put retenir sa surprise en découvrant qui était son interlocutrice.

— Lucia ! Que viens-tu faire ici ?

Il n'eut pas le temps d'entendre la réponse de sa sœur : Nikolaus se jeta sur lui comme un fauve affamé et le plaqua au mur avec force, manquant de l'assommer. Lucia poussa un cri et se rua vers les deux hommes.

— Lâchez-le !

— Pas avant qu'il me dise ce qu'il a fait de mon ami ! Réponds, démon ! Que lui as-tu promis pour qu'il accepte de nous ruiner !

Sandro, à moitié étranglé par la poigne de Nikolaus et sonné par ce qu'il venait d'entendre, ne parvenait pas à articuler un mot.

— Vous allez le tuer ! Lâchez-le, enfin ! Il n'est pour rien dans cette manigance ! C'est moi, c'est moi la coupable ! Je vous en supplie, lâchez-le ! criait Lucia.

À ces mots, Sandro, sentant qu'enfin Nikolaus desserrait sa prise pour se tourner, effaré, vers la jeune femme, en profita pour se dégager d'un coup d'épaule. Il aurait pu rendre violence pour violence et assener au poète une mandale bien sentie, mais cet homme était le plus proche ami de celui qu'il aimait. Il se devait de le respecter comme un frère.

Il se tourna vers sa sœur et, tout en massant son cou endolori, demanda :

— Lucia, qu'as-tu fait ? Où est Lorenz ?

— Je croyais... Oh, Sandro, je voulais nous permettre de fuir tous les deux. Il me fallait faire vite, *Elle* ne devait rien savoir de mon état. Avec l'argent de ton amant, nous aurions eu de quoi nous sauver et partir loin.

— Ton état ? Fuir ? Mais, enfin, de quoi parles-tu ? Et *Elle*, que serait-*Elle* devenue ? Tu ne comptais pas partir sans *Elle* ! N'a-t-elle pas assez souffert déjà qu'il faudrait qu'à notre tour nous l'abandonnions !

— Tu ne comprends pas ! *Elle* t'utilise ! Depuis des années, elle fomente cette vengeance.

— Une vengeance ! Mais pourquoi ?

Nikolaus, resté de côté, commença à s'impatienter :

— Peu m'importe vos histoires de famille et vos palabres ! La vraie question est : où est l'argent ?

— Vous faites un beau fesse-mathieu[55] pour quelqu'un qui se réclame poète et gentilhomme ! rétorqua Lucia avec hauteur.

Nikolaus laissa échapper un grondement de très mauvais augure, avant de répondre :

— Désolé de te décevoir, l'hétaïre de baltringue, mais je n'ai pas un puits sans fond à la place des poches, alors pardon de ne pas vouloir mécéner tout le lupanar familial.

— Mais pour qui tu te prends ? *Pezzo di merda*[56] ! assena Lucia, piquée au vif.

— *Was ?!*[57] Je te préviens, à la différence de Lorenz, j'ai deux sous de cervelle. Toi et ton tapin de frère avez abusé de son cœur vertueux pour lui soutirer toute notre fortune, et cela, je ne vais pas le laisser passer sans rien dire ! se hérissa Nikolaus.

— Et vous pensez pouvoir me prendre de haut et me donner des ordres avec vos manières de Don Juan imbibé de schnaps[58] ! rétorqua la Florentine.

Des cuisines et des communs monta progressivement un brouhaha. Les autres habitants de la villa, qui s'étaient tenus à l'écart de l'esclandre, sortaient à présent de leur cachette. La curiosité fit poindre des têtes aux fenêtres des étages. Sandro s'interposa rapidement, car sa sœur, toute charmante qu'elle

---

55 Insulte en vogue en 1840. Une personne fesse-mathieu est une personne avare, radine. Le terme vient de la Bible, il est dérivé de « face de Mathieu ». En effet, avant sa conversion, saint Matthieu était usurier. Les petits prêteurs radins ont la face de saint Mathieu, devenu « fesse-mathieu ».

56 Insulte classique en italien ayant toujours cours de nos jours et que l'on traduirait par « sac à merde ».

57 « Quoi ?! », en allemand.

58 Le schnaps désigne l'eau de vie consommée dans la plupart des régions germanophones, dont l'Autriche fait partie.

semblait être, pouvait aisément déclencher une émeute à elle seule, et déjà elle levait la main, prête à souffleter l'ami de Lorenz.

— Cessez tous les deux ! Nikolaus, je n'ai pas profité de Lorenz ! Je vous en prie, vous qu'il tient pour son ami le plus cher, ne croyez pas cela de moi. D'ailleurs, l'argent, le voilà, prenez-le ! avoua Sandro en sortant la bourse de sa poche. Il me l'a donné hier au soir, mais je comptais le lui rendre. Et sachez que... c'est une folie sans doute, mais je l'aime, plus que ma vie, plus que mon âme ! Je ne ferais jamais rien qui puisse lui nuire.

Nikolaus prit la bourse. Il ne savait que répondre. Un tel élan de sentiment... Cela lui rappelait quelque chose. Il avait vu dans les yeux de Lorenz exactement la même exaltation. C'en était troublant. Il se calma, douché dans sa colère par cette ferveur émouvante.

— Une folie ? Oui, c'en est une. Vous êtes deux hommes. Que croyez-vous pouvoir obtenir dans cette société ? À vouloir vous aimer à tout prix, vous allez tout droit à votre perte.

— Ne croyez-vous pas que je le sais ? J'en ai assez souffert moi-même. Et j'ai vu vers quel opprobre une telle union pouvait conduire. *Ma il mio cuore è già nelle sue mani*[59], et si vous êtes poète, alors vous savez que renoncer à cet amour m'est impossible.

Nikolaus devait bien s'avouer qu'il était touché de ces paroles que la belle langue toscane ne faisait qu'exalter davantage. Si c'était une comédie, alors ce jeune homme était un maître du mensonge pour savoir à ce point feindre la passion.

— Soit, très bien, vous l'aimez. Et sans doute que ce pauvre fou vous aime en retour. Nous voilà bien. Néanmoins, nos économies sont sauves, c'est un bon début. Maintenant, où est cet imbécile, que je lui passe un savon ?

— Je ne sais pas. Nous étions ensemble cette nuit et tout le jour mais... Enfin, c'est-à-dire que...

Sandro se tut, gêné de mettre en mots leurs ébats passionnés alors que des oreilles indiscrètes suivaient leur conversation.

---

59   « Mais mon cœur est déjà entre ses mains », en italien.

Nikolaus, malgré tout assez remonté, ne s'embarrassa pas de détours :

— Allons, il est un peu tard pour jouer les prudes. Vous étiez dans sa chambre, vous avez fait œuvre de chair, et puis ?

Sandro déglutit et avoua tout bas :

— Épuisés, nous nous sommes endormis. C'était il y a deux heures, à peine davantage. Lorsque je me suis réveillé, j'étais seul.

— Et vous, Lucia ? Que veniez-vous faire ici ? l'interrogea Nikolaus un peu sèchement.

— Réclamer l'argent et emmener Sandro. J'ai laissé nos bagages dans une auberge non loin d'ici, nous serions partis ensuite, expliqua la jeune femme en se tournant vers son frère.

— Je ne t'aurais pas suivie. Pas sans lui, confessa celui-ci avec honnêteté.

— Je le vois à présent, *micio*[60]. Pardonne-moi de t'avoir dissimulé la vérité. Je m'en veux de mes manigances, crois-le bien, reconnut Lucia.

— Nous sommes bien avancés. Bon sang, Lorenz, dans quel guêpier es-tu allé t'empêtrer ? se désola Nikolaus.

C'est à ce moment de leur discussion qu'un gamin sortit des cuisines et s'avança vers eux. Il essuya son nez morveux, s'excusa confusément d'avoir écouté leur dispute, puis leur tendit un morceau de papier froissé en leur racontant que c'était le grand type qui logeait « là-haut » qui l'avait laissé tomber de sa poche en traversant la cour et que « certainement que ça pouvait les intéresser, attendu que c'était de ce gars-là que tout le monde semblait s'inquiéter ». Sandro lui prit le papier des mains et le déplia. Ses yeux s'écarquillèrent et son cœur se mit à battre très fort. Il se tourna, alarmé, vers sa sœur.

— Lucia, tu n'as pas écrit à Lorenz, n'est-ce pas ?

— Non, il est vrai qu'hier je lui avais dit que je le ferais, mais je n'en ai pas eu besoin. J'ai profité d'être seule ce midi dans la maison pour faire nos bagages et venir ici.

— Alors, si cette lettre n'est pas de toi, de qui... ? commença-t-il en lui tendant la missive où était écrit : « Cher

---

60   En italien, mot affectueux signifiant « petit chat ».

Lorenz, venez vite avant qu'il ne soit trop tard. Prenez l'argent et brûlez cette lettre. Je vous attends au cimetière des Anglais. Votre dévouée. L. »

Lucia, en lisant les quelques mots griffonnés à la hâte, prit une expression horrifiée. Elle porta sa main à sa bouche. Et, sans qu'il ne fût besoin de paroles entre eux, Sandro comprit. Les conclusions auxquelles il parvint lui apparurent enfin dans toute leur atrocité. Ils avaient été piégés.

Non, oh non !

La colère lui fit serrer les poings à s'en faire mal. Pourquoi avait-il eu la faiblesse d'épancher ses malheurs à l'oreille de Lorenz ? Il avait été d'une naïveté incroyable, coupable ! Sandro en aurait hurlé de frustration.

Sans même répondre ou s'expliquer, il arracha la bourse d'argent des mains de Nikolaus et tourna les talons. Il se précipita vers la grande porte d'entrée qu'il ouvrit à la volée, sortit en trombe de la villa et se jeta dans les méandres des rues de Florence. Derrière lui, l'ami de Lorenz et sa sœur tentèrent de le suivre. Il les distança sans peine.

Il dévala la colline des jardins Boboli et, après le Ponte Vecchio, s'engouffra dans la vieille ville sans prendre le temps de reprendre haleine. Les passants le regardaient passer avec effarement. Les traits crispés par l'angoisse, tous les muscles couverts de sueur, il courait comme s'il avait le Diable à ses trousses.

Mais c'était presque le cas. C'était la peur noire et oppressante qui le talonnait, et les questions, par dizaines, qui se bousculaient dans sa tête.

Ardent, imprudent, irréfléchi Lorenz ! Pourquoi avait-il accepté d'aller à ce rendez-vous ? Pourquoi n'avait-il pas pris l'argent ? Avait-il compris que cette lettre n'était pas de Lucia ? Lorenz le voulait libre, sans honte et sans chaînes, et avec son âme de romantique, il croyait sans doute que la bonne foi et de grands sentiments pouvaient faire plier bien des esprits retors.

Oh, Lorenz, courageux Lorenz. S'offrir ainsi à la gueule du loup, sans autre arme que son honnêteté, sans autre armure que son amour. Si c'était *Elle* qui était derrière cela, alors le risque était grand, effroyablement grand. Sentiment et raison. Sacrifice et loyauté.

Sandro accéléra encore. Le temps sembla s'étirer et se compresser tout à la fois. Il courait à en perdre le souffle, à s'en brûler les poumons. Les battements de son cœur cognaient dans sa poitrine et tout son corps était gorgé d'angoisse. Les ruelles étaient trop longues, trop enchevêtrées, il y avait trop de badauds dans les rues, qu'il bousculait sans vergogne. Il voulait pouvoir voler par-dessus cette foule grouillante qui le séparait du drame qu'il pressentait jusque dans ses tripes. Son esprit était trop confus pour qu'il ne pensât ne fût-ce qu'à ce qu'il ferait une fois sur place. Il ne savait plus qu'une chose : il fallait qu'il fût là-bas au plus vite, il se devait d'empêcher un sacrifice dont il était l'instigateur involontaire ! Dans sa main, la bourse pleine d'or, celle qu'il avait reprise à Nikolaus. Il crispa ses doigts sur cette petite fortune, sa seule arme, concrète et alourdie du poids de sa conscience. Sandro repensa à la lettre. Il l'avait en main, elle aussi. S'il les rapportait, alors peut-être que la vie de Lorenz serait épargnée. Si c'était tout ce qu'*Elle* voulait...

Il arriva bientôt aux abords du Jardin della Gherardesca[61], dont on devinait les grands arbres derrière les murs d'un palais vanté comme l'un des plus somptueux de la ville. Sandro tourna dans la rue suivante, vide et silencieuse, que les claquements de ses pas précipités remplirent tout entière. Il dégringola littéralement les quelques marches qui descendaient au pied de la petite colline menant au cimetière et effraya deux chevaux attelés à un fiacre en passant comme une furie près de leurs stalles après la traversée d'une dernière allée. Il allait atteindre finalement son but.

Il y était presque...

Mais à peine Sandro eut-il approché de l'enceinte du cimetière que le bruit d'un coup de feu retentit au loin.

Trop tard !

---

61   Le Palazzo della Gherardesca est tout proche du petit cimetière anglais. Ce palais était l'un des plus riches de Florence. Il resta, lui et son jardin, caché derrière de hauts murs jusqu'en 1869, date à laquelle il fut réquisitionné pour servir de jardin public.

SCENE IV

(*Le petit cimetière entouré d'une enceinte murée. Des tombes éparses, des arbustes et de l'herbe folle. Un grand silence règne.*)

Sandro poussa un cri de rage.

Il passa le porche niché sous la loge du gardien et se précipita à travers les allées pavées. Il chercha frénétiquement où avait pu se dérouler le drame, car un coup de feu ne pouvait signifier qu'une seule chose...

Les larmes commencèrent à lui piquer les yeux.

— LORENZ ! appela-t-il, éperdu.

Pas de réponse.

Les lieux n'étaient pas vastes. Et une idée lui vint. Terrifiante. Si c'était *Elle* qui avait tramé cette manigance, alors Sandro savait bien où *Elle* avait conduit Lorenz. Il porta ses pas jusqu'à la stèle de son père défunt. Et là, en effet, il finit par apercevoir, près des grilles d'un enclos funéraire, deux silhouettes, l'une massive et masculine, l'autre élégante et féminine. Il reconnut cette dernière. Ainsi, c'était bien *elle*. Hélas.

Elle : l'origine de son malheur.

Sandro courut jusqu'au duo sinistre et, éreinté et tremblant, arrêta sa course.

Trop tard.

Les stèles de marbre, mangées de mousse, faisaient comme un public pétrifié autour de la scène, ombres funestes, désespérément immobiles. L'air ambiant, chaud de l'été, exhalait une lourde odeur de poudre à canon. Les rayons déclinant du soleil baignaient les pavés de pierre d'un éclat rouge. L'impression était terrible, celle d'un coucher de soleil sur un champ de bataille.

Un homme se tenait debout, en retrait, un pistolet[62] au poing. Son arme était encore fumante du coup qui venait d'être tiré. Il se retourna vers Sandro quand celui-ci fit quelques pas, incertain, au milieu du silence. La femme venait de s'agenouiller. Elle se penchait sur un corps à demi étendu sur une dalle de tombeau.

Ce n'est pas lui, mon Dieu, ce ne peut être lui.

Le début d'une flaque de sang commençait déjà à se former, faisant une macabre auréole mouvante autour des longs

---

62 Au début du XIXe siècle, les pistolets, et en particulier ceux de duel, sont des armes à un coup, que l'on prépare et que l'on charge juste avant l'affrontement. Ils sont souvent conservés dans un étui luxueux et ne servent qu'à cela.

cheveux bruns d'un homme, d'une victime, touché par balle. La femme semblait rapidement vérifier que l'homme était bien mort, puis elle entreprit de lui faire les poches. Le bas de sa robe jaune dorée baignait dans l'écarlate, faisant d'elle une sorte de reine sanglante irréelle. Elle n'avait pas remarqué l'arrivée de Sandro ou, du moins, ne réagissait pas à sa présence. Posé près d'elle, à un pas de là, un autre pistolet attendait sagement, sur le velours d'un étui en bois doré, d'être utilisé. Était-ce un duel ? La seconde salve n'avait à l'évidence pas eu lieu. Sandro, les poings serrés, laissa échapper un sanglot. Il savait. Ce corps dont le visage lui était masqué par les plis de la robe jaune... Ce corps, c'était...

Hélas, ce corps, c'est celui de Lorenz !

Son esprit ne voulait pas y croire. Il lui semblait que toute sa vie s'était résumée en cet instant, qu'il n'y avait plus rien d'autre, ni d'avant, ni d'après ; ces quelques minutes étaient tout ce qui lui restait. Il tenta de dompter le chaos de ses émotions.

S'il est mort... S'il est mort pour moi, alors je... je...

Dans un sursaut, il se précipita vers Lorenz, le cœur noyé de chagrin. Il repoussa la femme sans ménagement et se jeta à genoux pour prendre son amant dans ses bras, ne sentant pas un instant la dure dalle de pierre lui meurtrir la chair ni les regards de surprise et de confusion que l'on jetait sur lui. Rien ne lui importait plus que l'homme gisant là au milieu de cette folie. Celui qui était venu se sacrifier à sa place, celui qui l'aimait assez pour offrir sa vie au hasard d'un rendez-vous avec le Diable.

— Oh, *amore mio*[63], qu'as-tu fait ? Mon Dieu, qu'as-tu fait ? gémit-il, la voix noyée de larmes.

Les mains tremblantes, il examina la blessure. La balle avait atteint l'épaule où avait éclos une horrible fleur de sang sur le blanc de la chemise fine. Il déchira fébrilement le tissu ensanglanté et découvrit la plaie. Celle-ci était nette et le projectile, en frappant l'os, ne semblait pas s'être logé dans la blessure. Lorenz avait peut-être été assommé par le choc de sa chute ? Se raccrochant à ce ténu fil d'espoir, Sandro posa doucement sa paume sur la poitrine de Lorenz, mais son propre cœur, emballé

---

63 « Mon amour », en italien.

par l'angoisse, couvrait de ses battements tourmentés les faibles signes de vie qu'il ne parvenait pas à distinguer.

— Je t'en prie, je t'en supplie, pas ça ! répéta-t-il, incohérent et désespéré, en le serrant convulsivement dans ses bras.

Lorenz mort, alors toute vie pouvait bien s'éteindre. À quoi servirait sa misérable existence si son amour lui était arraché ? Et d'ailleurs, puisque la seule façon de le retrouver était de le rejoindre dans l'au-delà, alors il se tuerait !

Dans un instant, je le jure, dans un instant, je vais mourir.

Sandro enfouit son visage dans les cheveux de son amant et laissa les larmes l'engloutir. Il voulait que le chagrin lui brisât le cœur, là, maintenant.

Le fracas de bottes et des cris de femme qui surgirent dans l'allée un instant plus tard l'arrachèrent violemment à ses pleurs. Nikolaus, suivi de Lucia, venait d'entrer dans le cimetière. Ils arrivèrent tous deux sur les lieux du drame et il ne fallut pas plus d'une seconde pour que Nikolaus s'abattît sur le malandrin qui tentait d'échapper à son crime. Les deux hommes échangèrent des coups de poing, mais l'ami de Lorenz, plus gouailleur que batailleur, n'eut pas le dessus. Le mercenaire parvint à s'enfuir après lui avoir asséné un violent crochet en pleine mâchoire qui le laissa plusieurs secondes sonné.

Lucia, échevelée et pantelante, s'était précipitée au côté de son frère que, couvert de sang, elle avait cru blessé. Aussitôt qu'elle eut constaté que Sandro n'avait rien, elle dénoua son tablier et en fit un tampon pour stopper l'hémorragie de Lorenz.

— Et vous ? Faites quelque chose, appelez du secours, la garde, n'importe quoi, mais faites quelque chose ! cria en se relevant Nikolaus à la femme en jaune qui était restée figée au milieu du tumulte.

Celle-ci se redressa sans un mot, les mâchoires crispées, et ne bougea pas, les yeux rivés sur Sandro et sur la victime qu'il tenait enlacée.

— Vas-tu réagir, *madre distorta* ! hurla Lucia, qui venait de se lever, les mains poisseuses de sang.

Sur la bouche de la femme s'esquissa un sourire.

Lucia, horrifiée, eut un pas de recul. Elle saisit Nikolaus par le bras.

— Restez avec mon frère, je vais chercher de l'aide. Et surtout, ne la quittez pas des yeux ! exhorta-t-elle avant de partir en courant vers l'entrée du cimetière.
 — Mais qui êtes-vous, bon sang ? gronda Nikolaus à l'adresse de la mégère mutique.
 Elle se tourna vers lui, très calme. Dans ses yeux brillait pourtant un feu crépitant.
 — Ma fille ne vous l'a pas dit avant de se glisser dans votre couche ?
 — Votre fille ?
 La femme fronça les sourcils, puis répondit avec condescendance, comme on parle à un jeune enfant :
 — Je suis Lucrezia Aylin-Valentini. Lucia est ma fille et Sandro… Oui. Sandro est mon fils.
 Elle retint un petit rire dédaigneux avant de reprendre sur le ton de la conversation :
 — Étrangement, il me ressemble très peu, il a tout pris de son père… Absolument tout… Je peux comprendre que vous n'ayez pas fait le rapprochement, personne ne le fait. Il est si peu de moi, cet enfant, qu'à y réfléchir, si j'avais su tout le malheur qu'il allait apporter à cette famille, je l'aurais noyé à la naissance. Mais à l'époque, j'étais encore pleine des illusions de l'amour.
 S'il avait eu sous les yeux une gorgone[64], Nikolaus ne l'aurait pas dévisagée avec plus d'horreur.
 — Sa mère… Non. Vous êtes un monstre, vous êtes… une abomination… balbutia-t-il.
 Lucrezia plissa les yeux et le soupesa du regard.
 — Oh, ne me jugez pas si vite, jeune homme. Laissez-moi vous tendre le miroir. Vous l'étranger. Vous le profiteur. Vous voyez nos beaux paysages, nos belles femmes. Vous vous servez en plaisir et en luxure, vous dévorez les délicieuses cerises

---

64   Les sœurs Gorgones, créatures mythologiques, avaient le pouvoir de transformer les hommes en pierre d'un seul regard. Seule Méduse, l'une des trois sœurs, aurait eu les cheveux formés de serpents. Nikolaus voit peut-être en cette femme *Le Portrait de Médusa* peint par Le Caravaggio qui était exposé et visible du public au Palais des Offices de Florence à cette époque.

juteuses et en recrachez les noyaux. Puis vous retournez dans votre pays faire de vertueuses épousailles. Et nous restons ici, à pleurer sur nos ventres ronds et nos marmots sans père. Ne soyez pas surpris alors si les Florentines ne sont pas innocentes, ni candides, ni naïves, elles ne peuvent pas se le permettre. Il leur faut être passionnées, cruelles. C'est une question de survie.

Nikolaus ne savait que répondre à cette accusation qui, il devait bien se l'avouer, tout extrême qu'elle pouvait être, n'était pas si fausse. Derrière lui se fit entendre un bruit.

— Tu te trompes ! Lorenz n'est pas comme cela ! Pourquoi as-tu fait cela ? POURQUOI LUI ?! explosa Sandro, qui au milieu de son tourment était parvenu à entendre les perfides paroles de sa mère.

Lucrezia baissa les yeux sur son fils. Le mépris se lisait jusque dans son port de tête.

— Lui ? Mais il n'est rien. Un rouage, rien de plus. Tu n'as donc rien deviné ?

— Deviné quoi ? Tes manigances ? Est-ce l'or que tu voulais ? Le voici ! Puisse-t-il te conduire en Enfer ! cracha-t-il en lui jetant la bourse aux pieds.

— En Enfer ? N'y suis-je pas déjà ? commenta Lucrezia, indifférente.

Sandro resta tétanisé, sa trop grande détresse le rendant incapable de comprendre le sens de cette question sibylline.

C'est alors qu'au milieu du marasme, il sentit frémir le précieux corps qu'il protégeait de ses bras. Transporté d'espoir, il détourna totalement son attention de sa mère. Nikolaus s'agenouilla à ses côtés et prit dans les siennes la main de son ami.

Sandro posa doucement sa paume sur la joue de Lorenz et observa, fébrile, ce visage encore clos au monde qui abritait peut-être une braise de vie. Ses doigts couverts de sang laissaient des traces funèbres sur la peau du sculpteur, le peignant de rouge comme pour un combat barbare, et Sandro retint son souffle.

— Lorenz ? murmura-t-il, tremblant. Lorenz, *mio caro, mio vida*[65]…

---

65 « Mon cœur, ma vie », en italien.

Les paupières palpitèrent et s'ouvrirent sur deux prunelles d'ambre épuisée. Le cœur de Sandro eut un sursaut violent, sa poitrine se comprima à lui faire mal. C'était toute son âme qui débordait soudainement de reconnaissance pour l'étoile bienveillante qui veillait sur l'homme qu'il aimait. C'était un bonheur suffocant, douloureux d'intensité.

— *Santa Maria, grazie, grazie mille*[66]... souffla Sandro dans un soupir étranglé.

Il était en vie, tout ceci n'avait été qu'un mauvais rêve, se répétait-il. Lorenz, le reconnaissant enfin, lui sourit faiblement, puis son regard se teinta d'inquiétude.

— Sandro, tu... tu n'aurais pas dû venir... C'est un piège... Elle t'a menti, elle t'a fait croire... râla-t-il tout en essayant de se relever, les dents serrées par la douleur.

Sandro l'en empêcha, le forçant à rester à demi couché. Encore sous le choc de ses émotions, il ne voulait qu'une chose, c'était de parvenir à panser la plaie laissée par la balle dans l'épaule de Lorenz. Complot, trahison, vengeance et tout le reste du monde pouvaient bien attendre. Mais il tremblait si fort que ses gestes en étaient gourds, et ses yeux étaient si pleins de larmes qu'il ne distingua pas l'expression tourmentée de son amant qui lui saisit le bras pour l'obliger à se calmer et à l'écouter.

— Sandro ! Ta mère t'a fait croire... Mon Dieu, comment te l'annoncer ? Ton père n'est pas mort. Il vit, Sandro ! Il vit !

Le jeune musicien eut un temps d'effarement devant cette révélation incongrue, là dans un cimetière, à quelques pas du tombeau de son père.

— Comment ? Mais cela ne se peut ? D'où tiens-tu ceci ?

Lorenz déglutit, la gorge sèche, les pensées brouillées. Il tenta de trouver les mots, d'expliquer :

— Quand tu m'as dit son nom : Aylin, Grégory Aylin, je connaissais ce patronyme. Le sort a fait que nos deux familles se connaissent. Je savais pour la mort de l'aîné des Aylin, mais le cadet, lui, était en vie. De cela, je peux le jurer. Il y a encore quelques mois, il écrivait à mon propre père pour lui dire

---

66 « Sainte Marie, merci, mille fois merci », en italien.

combien il serait heureux de venir, lui, sa femme et ses filles, séjourner à Vienne.

Lorenz se tut pour reprendre son souffle.

— Lâche[67] ! gronda soudainement Lucrezia.

Son regard brûlant d'une rage sourde était rivé sur Lorenz en qui, dans son aveuglement, elle semblait voir l'auteur de ses malheurs.

Elle ajouta, vibrante de haine :

— Moi aussi, je lui ai donné une fille et un fils, même ! Le lâche, l'immonde lâche. Non, il n'est pas mort ! Croyez bien que j'aurais préféré ! Il s'est marié, ce traître ! Il vit dans le luxe alors qu'il m'a laissée croupir avec mon fardeau !

Sandro tourna vers elle un regard implorant. Sa mère fit une grimace de dégoût en continuant sa diatribe :

— Quoi ? Pourquoi me regardes-tu ainsi ? Tu voulais que je vive avec cette humiliation ? Tu voulais que l'on sache que j'avais été jetée au rebut comme une vieille chienne malade ? Il valait mieux être veuve ! Être veuve, c'est déjà être plus que fille-mère ! Être veuve, c'est être respectée, c'est pouvoir peut-être me remarier !

Sandro sentit Lorenz se crisper dans ses bras et pousser un grondement de colère. Le sculpteur se redressa autant que possible, non sans mal. La tête lui tournait, mais il voulait savoir.

— Que vous ayez souffert de cet abandon, il n'y a pas à en disconvenir, c'est atroce, mais votre fils, votre propre fils, pourquoi l'avoir puni de la sorte, pourquoi en avoir fait l'instrument de votre vengeance ? Car c'est bien de cela qu'il s'agit, n'est-ce pas ? Répondez, madame ! Vous lui devez bien cela !

Lucrezia grinça des dents avant de finir par répondre, dans un feulement inquiétant. La chaleur dans la cour échauffait les esprits et les nerfs, tout comme l'odeur du sang.

---

67 L'accusation de lâcheté au XIXe siècle en Italie est prise très au sérieux, on peut aller jusqu'au duel pour ce type d'injure. À la différence de la France, le duel ne sera interdit en Italie qu'en 1875. Nombre de conflits, notamment d'honneur, se réglaient par des duels, aux pistolets ou à l'arme blanche.

— « Pourquoi » ! Mais vous ne voyez donc pas ? C'est évident, pourtant : il lui ressemble. C'est à s'y méprendre, il a ses yeux, il a ses lèvres, il a jusqu'à sa voix. C'est son père devant moi tous les jours que Dieu fait. J'ai essayé, oh oui, j'ai essayé de l'aimer, mais voilà comment il m'en a remerciée. Un pervers, sodomique, malade de ce vice qui lui vient de son sang. Sur nous, il a jeté l'opprobre comme l'avait fait son père ! Alors, oui, j'en fais mon arme ; oui, j'alimente les braises de son bûcher, car c'est celui de son père que je tisonne en secret. Le voir souffrir m'est doux, le voir souillé m'est un réconfort quand j'imagine que c'est un peu de son père que j'humilie encore.

Sandro était blanc comme un spectre. Ses yeux ressemblaient à deux puits creusés dans la glace. Les aveux proférés par sa propre mère étaient un poignard planté droit dans son cœur. Pourtant, c'est avec une voix chargée de pitié qu'il dit à sa tourmenteuse :

— Mère, ce malheur que vous me souhaitiez tout au contraire m'a apporté l'espoir. Sans le terrible état auquel vous m'aviez condamné, jamais je n'aurais rencontré celui que j'aime et dont je suis aimé. Vous avez fait mon bonheur à votre âme défendant.

Sandro vit sa mère frémir et ses lèvres se tordre en un sourire cruel.

— Cet homme ? Cet étranger ? Pour une telle infamie, vous serez pendus ! Votre amour est damné et jusqu'à ma mort je jure d'en être le bourreau.

— Qui aurait le cœur assez dur et l'âme assez sèche pour condamner un tel amour ? Vous aurez à répondre, madame, de vos crimes. Voilà la Garde qui arrive, déclara Nikolaus en aidant Lorenz à se lever.

Au loin, des silhouettes approchaient à grands pas, deux hommes en armes ainsi que Lucia venaient à leur rencontre. Lorenz, en ravalant un hoquet de douleur, s'appuyait sur Sandro, et celui-ci, à qui le courage de son compagnon fouettait l'esprit, effaça du dos de la main les traces de larmes qui marquaient son visage tout en soutenant le blessé pour qu'il tînt debout. Il soupira, soulagé : cette effroyable scène allait se terminer.

— NON ! hurla brusquement Lucrezia.

Un silence médusé se fit alors, emplissant tout le cimetière, glaçant les lieux et les âmes. Sandro se tourna lentement vers sa mère et, à l'instant où il la vit, son propre souffle s'étrangla dans sa gorge.

Lucrezia tenait de ses deux mains tremblantes de rage le second pistolet de duel. Une fièvre hystérique emplissait ses yeux. Avec sa robe d'or ensanglantée et son visage déformé par la folie, on eût dit une allégorie de la haine. Elle ressemblait aux spectres de son cauchemar. Elle n'était plus sa mère, si elle l'avait jamais été.

— Tu le perdras, ce bonheur ! JE TE L'ARRACHERAI ! vociféra -t-elle.

Le cœur de Sandro s'emballa et l'effroi s'empara de son esprit. Elle avait tort. Nul être ne saurait l'arracher à l'homme qu'il aimait, ni dans ce monde ni dans le suivant. La bouche de l'arme était pointée vers Lorenz, vers sa poitrine, vers son cœur. Dix pas les séparaient, peut-être moins, et Sandro n'avait qu'à se tourner pour se trouver entre la mort et son amant.

C'est ce qu'il fit.

Le coup partit.

Un bruit si violent que l'écho sembla se prolonger plusieurs minutes, ou était-ce le silence qui suivit qui dura une éternité ? Sandro n'entendit rien, il ne perçut que la douleur, indescriptible, qui le submergea soudain.

Il s'écroula.

Un bras protecteur ralentit sa chute et il fut étendu au sol, sur les dalles froides.

La douleur entama sa rapide conquête. Elle le tirait vers l'obscurité avec obstination. Seuls le sauvaient encore deux puits sombres, insondables, que l'horreur avait totalement emplis : les yeux de Lorenz... C'était comme dans son rêve. Des cris, des pas précipités : Sandro ne les entendait qu'étouffés. Sa mère que l'on saisit, sa sœur désespérée ne furent plus que des ombres mouvantes, intangibles. Bientôt, il n'y eut plus que le silence, la douleur et les yeux de Lorenz... les beaux yeux de Lorenz. Il aurait voulu le rassurer, lui dire que tout allait bien, lui dire qu'il avait le regard le plus tendre du monde, lui dire qu'il l'aimait à en mourir. Mais, autour de lui, les visages disparurent, la lumière se ternit, ses muscles s'endormirent et la douleur elle-même finit par s'enfuir telle une nappe de brume chassée par le matin. Ne restèrent que les yeux de son aimé, vision apaisante à laquelle il s'accrocha de toutes ses forces jusqu'à ce que, doucement, il se laisse sombrer dans l'obscurité.

Dans la tragédie classique :
Au cinquième acte, l'action se dénoue enfin, entraînant la mort d'un ou de plusieurs personnages... Mais, à bien y réfléchir, sommes-nous vraiment dans une tragédie classique ?

SCÈNE PREMIÈRE

(Quatorze mois plus tard, à Vienne. Un petit parc clos de murs et arboré près d'une riche maison bourgeoise. Le ciel est bleu et sans nuages. Une jeune femme est assise en train de lire sur un banc de pierre qu'ombre un grand tilleul. C'est Lucia, en tenue de deuil).

— *Loutzia* ! *Loutzia* ! Où êtes-vous ?

À regret, Lucia releva les yeux de son roman. Une femme arrivait vers elle, tenant tant bien que mal dans ses bras une enfant de sept mois poussant des cris stridents, et se débattant tant et plus. Il s'agissait de Galatéa, sa fille, dans les bras de Hilde Binckes, sa belle-mère.

— Oh, vous êtes là, mais enfin, vous n'entendez donc pas quand la petite s'époumone à en réveiller tout le quartier !

Lucia haussa les épaules.

— Elle fait ses dents, voilà tout.

— Ah, comme vous résumez la chose. Ce n'est pas que cela, croyez-moi.

— Soit. Eh bien, elle n'a ni fièvre ni colique. Ainsi je crois surtout qu'elle est comme sa mère qui ne supporte pas de rester enfermée tout le jour dans votre maison sans soleil. Elle a besoin de prendre l'air. Si vous la laissiez batifoler à sa guise dans le parc, vous vous épargneriez bien des tracas.

— Et nous ferions de cette petite une sauvageonne ? Je ne sais pas comment on élève les enfants par chez vous, mais ici, on ne les laisse pas courir les rues à s'en attraper des poux.

— Courir ? Elle ne sait même pas marcher ! Et des poux, elle en aura, que vous le vouliez ou non.

— Oh, ne jouez pas avec les mots, *Loutzia*. C'est puéril.

— Jouer ? Estimez-vous heureuse que je parvienne à parler votre langue avec plus d'aisance que vous ne massacrez la mienne ! répliqua Lucia avec ironie.

La petite, excitée par l'humeur batailleuse de sa mère, hurla de plus belle dans les bras de sa grand-mère, qui laissa échapper un gémissement excédé.

— Ah ! Misère. Elle a le diable au corps. J'ai eu trois fils, et pas un qui ne lui arrive à la cheville pour ce qui est de clamer son mécontentement à la face du monde. Une vraie sirène de navire !

— Elle sait de qui tenir, ma mère était cantatrice, rétorqua Lucia.

Hilde la fusilla du regard. Parler des origines toscanes de sa petite-fille lui était une torture et l'impertinence de sa bru avait le don de l'exaspérer.

Depuis la célébration du mariage de son cadet avec cette Florentine, elle et Lucia s'envoyaient des banderilles. Le choc culturel, aussi prévisible qu'il fût, n'avait pu être empêché. Hilde était, de l'avis de ses amies, une femme d'une grande patience, mais les impertinences de Lucia lui mettaient les nerfs à rude épreuve.

Dans ses bras, Galatéa se tortillait comme un ver et, rouge comme une robe de cardinal, elle s'étouffait de colère.

— Tenez ! abdiqua-t-elle en lâchant l'enfant dans le giron de sa mère. Puisque vous avez réponse à tout, occupez-vous-en !

Et là-dessus, elle tourna les talons, le menton haut et les narines pincées.

Comment son fils, son doux Lorenz, avait-il pu s'amouracher de cette furie ? Lui si artiste, si tendre. C'était un mystère, un parmi tant d'autres.

Lucia regarda s'éloigner sa belle-mère. Elle eut pour la digne Autrichienne un pincement de culpabilité. Ce n'était pas sa faute, à cette pauvre femme, si toute cette histoire était si compliquée : des mensonges, des drames, des secrets, c'était à en devenir fou. Lucia devait bien reconnaître que bien d'autres que Hilde Binckes auraient refusé tout net ce que cette dame avait supporté sans trop de protestation. Il fallait être d'une rare tolérance pour admettre un mariage dans des conditions pareilles avec un fils rendu estropié, une belle-fille enceinte de plusieurs mois, et puis...

Le mois d'août à Vienne était doux. Lucia frissonna malgré tout et réajusta la capeline en indienne violine qu'elle portait sur une sobre robe de deuil. Elle déposa Galatéa sur la pelouse tiède de soleil. La petite, au contact de l'herbe, cessa instantanément ses pleurs. Assise en tailleur, elle se mit à gazouiller tout en tirant de toutes ses forces sur une pâquerette[68] qu'elle porta à sa bouche. Sa mère eut un sourire affectueux. Son enfant avait la marotte des fleurs. Sa grand-mère ne cessait de répéter que c'était un trait caractéristique des femmes de la famille, qu'une

---

68 Ne nous inquiétons pas pour Galatéa. La pâquerette ne contient aucun composé toxique. Séchée, elle peut se boire en infusion. Fraîche, elle a même de nombreuses vertus, comme celle de soigner les aphtes.

aïeule s'était même, grâce à sa passion pour l'horticulture, forgée pour elle et sa lignée un destin exceptionnel[69].

Lucia se gardait bien de détromper la naïve Hilde Binckes. Aucune chance que Galatéa eût attrapé son goût pour la flore de ses hypothétiques ancêtres puisque pas une goutte de sang de Binckes ne coulait dans ses veines. Lorenz n'était pas son père. Tout époux légitime qu'il était, leur mariage n'avait pas été consommé. Pour dire les choses crûment, Lorenz ne l'avait jamais touchée, et même c'est à peine s'il lui adressait la parole. Lucia ne savait dire qui de ses amants de l'époque était le père de Galatéa, mais, selon toute probabilité, l'enfant était un pur fruit de la Toscane, tempérament et lubies inclus. Néanmoins, pour le bien de tous et la paix des ménages, la mascarade faisait figure de règle et on répétait à chaque repas de famille que Galatéa était une Binckes car elle mâchait des marguerites.

Lucia soupira. Le poids de tous ces non-dits lui était bien pesant. Et pourtant, elle savait qu'il était très ingrat de sa part de se plaindre. La maison de sa belle-famille[70] était grande et cossue. Il y régnait une douce quiétude, bourgeoise et discrète. Parfaitement *biedermeier*[71], aurait dit sa belle-mère. Il y faisait bon vivre, malgré les escarmouches avec Hilde. Cependant, sans qu'elle pût s'en empêcher, périodiquement, une tristesse diffuse s'insinuait dans son cœur. Depuis le drame, il lui semblait voir des fantômes, parfois même croyait-elle distinguer une brume de mélancolie baignant certaines pièces de la maison. Trop de

---

69   Cette aïeule est Lisa Binckes que l'on retrouve dans le roman *Amsterdam, 1732* paru dans la collection *Fragments d'Éternité*.
70   Au XIXe siècle, dans la bourgeoisie, il était très fréquent que les jeunes couples s'installent dans la maison des parents du marié. Cela entraînait comme on s'en doute de nombreux conflits entre la bru et ses beaux-parents, notamment sur l'éducation à donner aux enfants.
71   Le terme de *biedermeier* désigne la culture bourgeoise qui apparut pendant la première moitié du XIXe siècle en Autriche. La bourgeoisie y cultiva la vie privée et familiale à un point inégalé jusque-là. Des vertus bourgeoises comme le zèle, la probité, la fidélité, le sens du devoir, la modestie furent élevés au rang de principes universels.

pleurs avaient été tus, trop d'amertume avait été ravalée, les murs ne pouvaient qu'en être imprégnés.

Comme pour contredire ses sombres pensées, une silhouette avenante apparut à l'orée du jardin. C'était Nikolaus Trommer qui venait rendre visite comme chaque samedi à ses voisins et amis.

— Lucia, vous êtes radieuse, comme toujours !

— Et vous flatteur, comme souvent. Cher Nikolaus, c'est un plaisir de vous voir. Comment va votre épouse ? Sa grossesse ne lui est pas trop pénible ?

— Elle se porte bien, la délivrance est pour bientôt et ce sera un fils, je le sens. Et d'ailleurs, je sais déjà comment nous le nommerons : Klaus ! Klaus Trommer. Un nom de conquérant !

— Allons bon, vous ne souhaitez pas en faire un poète ?

— Un poète, non, quelle idée. Pour l'aîné, il faut une carrière brillante, les suivants, ma foi, feront ce qu'ils voudront.

La petite Galatéa choisit ce moment pour se hisser sur ses jambes en parvenant à saisir le bas du pantalon de Nikolaus. Celui-ci agrippa fermement sa ceinture avant de se retrouver déculotté, car l'enfant tirait de toutes ses forces sur le tissu.

— Eh bien, Galatéa[72], tu ne fais pas honneur à ton prénom. Pour une statue, tu es bien dissipée, sourit Nikolaus, avant de se baisser pour prendre l'enfant dans ses bras. Quelle drôle d'idée a eu ton sculpteur de père de te prénommer ainsi !

Lucia soupira de plus belle.

— Oh, mon ami, par pitié, épargnez-moi le masque. Nous savons tous les deux que Lorenz n'est pas son père. Est-il encore sculpteur ? Je ne saurais le dire. Avec sa blessure, il a les plus grandes difficultés à sculpter, ou au prix de douleurs intenses. Je crois qu'à présent il préfère les esquisses qu'il modèle en argile. Les rares fois où il se montre, c'est couvert de terre de la tête aux pieds.

— Vous avez vu ses œuvres ?

---

72 Un mythe grec raconte l'histoire d'un sculpteur, Pygmalion, qui tomba amoureux de sa sculpture, prénommée Galatéa, à laquelle la déesse Aphrodite, émue par l'amour de l'artiste, avait donné la vie.

— Certes non, vous savez bien que cela fait plusieurs mois qu'il interdit à quiconque de pénétrer dans son atelier, et depuis trois semaines maintenant, il n'en sort même plus pour manger. J'ai épousé un ermite, convint-elle avec dépit.

Nikolaus reposa la petite Galatéa dans l'herbe, car elle commençait déjà à s'agiter. Il s'assit à côté de Lucia sur le banc de pierre et lui prit la main.

— Pour vous, c'est une situation inconfortable. Mais songez que pour lui...

— Je le sais. Pardonnez-moi, je suis parfois ingrate. Et égoïste, de surcroît. Je devrais me rappeler plus souvent que j'ai de la chance et que ce mariage nous a sauvées. Je lui dois tant. Pourtant, je ne peux m'empêcher d'être...

— Jalouse ? hasarda Nikolaus.

Lucia eut un petit rire amer.

— Oui, jalouse, vous avez vu juste. Je ne devrais pas, mais l'amour qu'il lui porte, alors que... Ah, cela m'émeut, m'attriste et... et j'avoue devant vous que je l'envie ! De tels sentiments sont dignes d'un roman.

— Ou d'une tragédie.

Lucia et Nikolaus se turent un instant pour contempler la vérité de ce mot si juste.

Galatéa poussa soudain un cri de joie. Elle tendait ses menottes potelées en direction de la véranda et vers celui qui venait d'un pas lent rejoindre le petit groupe. Il marchait à présent bien mieux, aidé d'une simple canne qui pouvait à son âge passer pour l'accessoire d'un caprice d'élégance. Pour masquer sa cicatrice, il tenait à se coiffer d'un bonnet souple, typique des paysans de Toscane. Des boucles brunes s'en échappaient, lui donnant immanquablement l'air d'un jeune berger sorti d'un paysage d'Arcadie[73]. Ces mois de convalescence dans l'obscurité de sa chambre viennoise avaient donné à sa peau un teint d'une blancheur douloureuse que l'éclat de ses grands yeux saphir

---

73 Autre mythe grec, l'Arcadie était la patrie du dieu Pan et le symbole d'un âge d'or rempli d'idylles entre bergers. C'était un monde riant où les pastorales constituaient le principal divertissement musical, et la nature sauvage demeurait préservée et harmonieuse.

ne faisait que renforcer. Il était à présent d'une beauté éthérée, inquiétante, quasi fantomatique.

— Sandro, comment allez-vous ? lança Nikolaus avec entrain en se levant du banc pour laisser au jeune homme la place de s'y asseoir.

Ce que celui-ci fit avant de répondre :

— Bien. Quelques vertiges seulement et ces drôles de rêves qui me prennent à présent, même en plein jour.

Ses yeux se voilèrent de tristesse et il porta machinalement la main au brassard de crêpe noir[74] qu'il arborait depuis la mort de leur mère. Voyant son geste, Lucia lui passa le bras autour des épaules dans l'espoir de le réconforter. Cela faisait presque un an à présent. Peu de temps après leur départ pour Vienne, Lucrezia s'était pendue dans la cellule du cloître où elle avait été enfermée. Lucia savait que son frère souffrait de ce suicide et même de cet enfermement que pour lui rien n'expliquait. Comment aurait-il compris, le malheureux ?

Lucia sentit son cœur se serrer, comme à chaque fois qu'elle repensait à cette effroyable soirée de juin où leur mère, dans un accès de folie, avait tiré sur Sandro. La panique avait alors rapidement égaré les esprits, cependant Lorenz, soutenu par une force d'âme inouïe, avait pris les choses en main. Blessé lui-même, mais refusant toute attention, il était, pendant les heures qu'avait duré l'inconscience de son frère et jusqu'à son réveil, resté rivé au chevet de Sandro, où deux chirurgiens mandés en urgence s'étaient acharnés à œuvrer. Le jour suivant, c'est à court de forces et d'espoirs que Lorenz et Lucia avaient regardé le soleil se lever, épuisés tous deux, prêts à succomber au chagrin. Pourtant Sandro avait ouvert les yeux. Lorsqu'il les avait posés sur sa sœur, et, malgré la douleur, il avait souri. Lucia avait remercié mille fois le ciel pour ses bonnes grâces après s'être abandonnée à des larmes de soulagement. À ses côtés, Lorenz

---

74   En Europe, jusqu'au début du XXe siècle, en signe de deuil, les hommes portaient un brassard d'étoffe noire. Le crêpe est un tissu travaillé pour avoir un aspect ondulé caractéristique.

avait laissé échapper un violent sanglot avant de se précipiter pour saisir la main du jeune miraculé[75].

Le visage fermé de Sandro, le regard prudent qu'il avait posé sur le pauvre Lorenz éploré... Lucia avait compris. Son frère avait oublié cet homme. Une fulgurante amnésie lui avait arraché le souvenir de celui pour qui il avait été prêt à donner sa vie quelques heures plus tôt. Deux jours, c'était le prix qu'avait dû payer sa mémoire pour qu'un sursis d'existence lui fût octroyé. Deux jours entiers oubliés, effacés. Deux jours à peine, mais précisément ceux précédant le drame et à cause desquels son âme s'était ouverte sur un vide béant. Les deux jours les plus importants de sa vie : éradiqués.

Plus d'une fois, Lucia avait voulu tout raconter à son frère. Lui expliquer pourquoi il avait fallu faire cloîtrer leur mère, devenue folle. Lui avouer qu'elle voulait son malheur, qu'elle n'aspirait qu'à se venger de leur père, toujours en vie. Lui donner les vraies raisons de sa blessure et de celle de Lorenz. Lui dire enfin que ce mariage avec cet inconnu, fait dans la précipitation et qui les avait obligés à s'exiler dans un pays étranger, n'était qu'une fable destinée à les protéger tous deux de la rumeur et du déshonneur que cette épouvantable affaire avait fait s'abattre sur leur famille.

Mais Lorenz l'avait interdit. Les circonstances de ce drame étaient bien trop cruelles. Il avait argué que si le Destin avait fait le choix d'épargner à Sandro ce souvenir funeste, alors il fallait taire la vérité, quitte à ce qu'une tristesse indicible finît par le murer lui-même dans le désespoir. Ainsi il s'était voué au sacrifice et préférait porter ses sentiments au bûcher de l'oubli que de voir l'âme de Sandro soumise au moindre tourment.

---

[75] En 1843, survivre à une grave blessure par balle, à la tête qui plus est, est un parfait miracle. N'oublions pas qu'à l'époque, il n'y avait aucun moyen d'arrêter le saignement sur une artère ou sur un organe perforé, et surtout d'empêcher la septicémie sur une plaie. Un coma dépassant les deux jours était inconcevable, car avec la perte de sang et sans perfusion, la déshydratation guettait irrémédiablement la victime. Mais ne sommes-nous pas au théâtre ?

Ce que Lorenz ne voulait pas admettre, c'était que cette tristesse, ce manque, cet amour endeuillé aussi insidieux qu'un lent poison trouvait un écho dans l'âme de Sandro. Ce dernier, lui pourtant si musicien, avait en effet de longs moments de mélancolie durant lesquels il restait seul dans le salon de musique sans vouloir toucher un seul instrument. Il se noyait dans le silence, s'abîmait dans la solitude, attendant il ne savait qui. Son cœur amputé lui réclamait un amour dont il ne se souvenait pas et un corps qu'il ne se rappelait pas avoir étreint.

Comme s'il avait perçu ses pensées, Sandro releva justement les yeux et lui demanda, candide :

— Avez-vous vu Lorenz ?

Sa sœur lui répondit avec une certaine lassitude dans la voix :

— Non, hélas, je ne l'ai pas vu depuis plusieurs jours. Il est absorbé par son travail, sans doute.

Le visage de Sandro se ferma et son regard s'assombrit.

— Lucia, je crains d'avoir… Il faut que je t'avoue quelque chose, souffla-t-il.

Nikolaus, sentant que sa présence n'aidait peut-être pas aux confidences intimes, proposa aussitôt :

— Conversez en famille, profitez du beau temps, Galatéa et moi allons explorer les bosquets !

Et là-dessus, il attrapa le poupon d'un geste brusque, ce qui lui valut un cri suraigu de la part de la petite fille. Il l'entraîna bien vite, toute hurlante, dans un massif de rhododendrons.

— Dis-moi, Sandro, quel poids pèse sur ton cœur ? l'interrogea Lucia avec douceur.

Le jeune homme, très gêné, cherchait ses mots.

— Je ne devrais pas, ces pensées sont odieuses et vont t'horrifier.

— Tu le sais, je ne suis pas prompte à m'effaroucher. Dis toujours.

Sandro finit par se lancer, non sans mal :

— Chère sœur, je crains, je crois que ton époux a pour moi… des sentiments qui… Non, c'est absurde, c'est une méprise sûrement, comment puis-je présumer que… mais, pourtant, plus d'une fois il m'a semblé qu'il s'apprêtait à m'avouer… Tu souris ?

Oh, tu as de quoi, je dois être fou. Par exemple, il y a de cela une semaine, il a posé sur moi des yeux… des yeux qui disaient tant, Lucia, que j'ai pris peur et… je ne sais pas ce qui m'a pris : je lui ai dit que son regard me troublait, que ce que j'y lisais était d'un tel éclat qu'il affolait en moi des émotions coupables. Vraiment, je te jure, je ne sais d'où me sont venus ces mots, c'était inacceptable. Le pire est que, loin de me blâmer, il en fut si ému alors, si touché, qu'il m'a pris la main, s'est excusé et a fui vers l'atelier. Depuis, il n'en est pas sorti. Qu'ai-je fait, Lucia ? Ton mari doit penser…

La jeune femme eut un long soupir où pointait une note de soulagement.

— Sandro, va le voir. Risque-toi dans son antre, toi seul n'en seras pas chassé.

— Moi ? Mais tu sais bien qu'il en a interdit l'accès à quiconque, pourquoi aurais-je ce droit ?

— Tu sais pourquoi.

— Mais…

— Ce que tes yeux ne voient pas, ton cœur l'a déjà reconnu.

— Que me dis-tu là ? Lucia, je n'ose comprendre…

— Allons, ce que tu cherches depuis des mois se trouve certainement là-bas. C'est un coffre scellé que le cœur de Lorenz et tu en as la clé. Va.

Devant l'air résolu de sa sœur et confronté à l'énigme de sa réponse, Sandro se leva, prit une profonde inspiration et partit vers l'atelier.

SCÈNE II

(Au fond du jardin, derrière une haie de jeunes cyprès, se cache une orangerie reconvertie en atelier. Les murs sont ornés de briques vernissées de couleur bleu et vert. De hautes baies vitrées s'ouvrent sur la façade. Sandro s'approche de l'entrée, la porte est entrouverte).

Une brise légère souffla dans les cyprès lorsque Sandro poussa la porte de l'atelier. À croire que la nature, complice, faisait de son mieux pour l'aider à masquer le son de sa venue dans ces lieux engloutis par le secret depuis des mois. Il fit un pas dans la grande pièce toute baignée de soleil où régnaient un silence et un désordre d'une commune mesure. Cela sentait l'humidité de la terre argileuse, cette odeur de labeur et de création aux origines du monde. Il prit une profonde inspiration afin d'apaiser son cœur qui battait la chamade.

— De quoi ai-je ainsi peur ? murmura-t-il en portant la main à sa poitrine.

Cette pièce était belle, pourtant. Hors du temps, la lumière y tombait en cascade sur les tables et les objets, réchauffant les murs au crépi rosé, animant les ébauches de sculptures, les têtes, les mains et les figurines modelées ; cent, peut-être mille golems[76] prêts à prendre vie pourvu qu'on leur insuffle une âme. Dans ce calme ermitage, Sandro se sentait porté par un sentiment d'exaltation et aussi... par quelque chose de plus noble, de plus mystérieux, de plus fondamentalement artistique qui lui rappelait Florence, sa ville natale. Non, ce n'était pas le lieu qui emballait son cœur et terrifiait son esprit.

Tout autre chose, en fait, lui malmenait l'âme.

Sandro s'obligea à regarder la réalité en face. Ici travaillait, œuvrait, vivait le mari de Lucia, Lorenz Binckes. Cet homme était... Il était...

Il était d'un abord peu amène, d'abord ; sombre et solitaire, quel drôle de choix pour sa sœur si solaire. Et puis, quel couple froid ! Les deux jeunes époux ne se parlaient que très peu et n'avaient l'un pour l'autre pas la moindre marque d'inclination. On aurait pu les croire frère et sœur tant leurs échanges se bornaient à la plus stricte convenance. Sandro se souvenait d'avoir d'abord cru que Lucia avait fait là un mariage purement intéressé. Après tout, cet homme, bien que cadet de famille, était fortuné. Un époux comme lui pour une demoiselle à la vertu compromise

---

76 Un golem, dans la mythologie juive, est un être sans parole fait d'argile qui s'anime lorsque son maître le souhaite et meurt avec la même facilité.

faisait un parti inespéré. Pourtant, n'était-ce que cela ? Le temps, comme toujours, pouvait démentir ses premières impressions. Là encore, il n'avait pu ignorer l'aura de secret qui enveloppait cette union mal assortie. Puisque Lucia l'y avait encouragé alors, Sandro allait enfin poser les questions qui lui brûlaient les lèvres et que, par discrétion, il n'avait jamais osé aborder.

Le jeune Florentin fouilla des yeux l'atelier encombré pour deviner où se trouvait Lorenz. Il contourna un socle haut sur lequel une œuvre en cours d'exécution était posée, dissimulée sous un grand drap blanc. Elle piqua un instant sa curiosité, mais une pudeur soudaine le retint de la découvrir.

Sandro aperçut finalement Lorenz, profondément endormi sur un petit lit métallique niché dans un coin de la pièce. Son souffle apaisé était le seul bruit perceptible dans le silence. Le sculpteur s'était étendu encore vêtu de sa blouse de travail tachée d'argile rousse, et n'avait que dénoué son foulard et ôté ses galoches à semelles de bois qui traînaient au pied du lit. Il dormait sur le dos, les pieds nus, son bras valide replié sous sa nuque faisant office d'oreiller. Sa barbe avait poussé depuis la dernière fois qu'il était apparu en public. Brune, elle accentuait le dessin de sa mâchoire et lui donnait à présent un air plus sauvage, moins civilisé. Sandro l'observa longuement. Cet homme était beau. D'une grâce surprenante que sa pose alanguie accentuait encore en éteignant un peu de sa virilité[77]. Sandro se retint de le réveiller, de le toucher, bien qu'il en eût envie.

Lorenz Binckes l'intriguait follement. À son égard, le sculpteur avait les plus étranges manières. S'il ne sortait guère de son atelier et semblait se désintéresser de tout, pour Sandro, il pouvait avoir la plus grande prévenance. Par exemple, Sandro manquait de distraction ? Lorenz lui faisait porter des livres. Voulait-il s'exercer à la musique ? Lorenz lui faisait livrer un violoncelle. Les escaliers lui étaient-ils durs à monter ? Lorenz faisait aménager une chambre pour lui au rez-de-chaussée. Dans les premiers mois de leur installation et alors que de

---

77 Dans la littérature du XIXe siècle, on retrouve souvent cette opposition entre l'homme, viril, debout, actif et la femme, sensuelle, couchée, alanguie.

violents vertiges imposaient encore à Sandro de rester couché dans sa chambre la plupart du temps, Lorenz venait même lui tenir compagnie. Le sculpteur lui demandait de lui raconter son enfance, les détails de sa vie de saltimbanque à lui et à sa sœur, les beaux souvenirs qu'il gardait d'un concert ou d'un voyage. Dans ces moments-là, Lorenz s'asseyait en face de lui et l'écoutait alors avec une attention sans réserve. Et toujours, à la fin des récits, son regard se voilait d'une désarmante mélancolie. Hélas, dès que Sandro essayait de l'interroger sur sa rencontre avec Lucia, sur ce qui l'avait amené à décider de non seulement l'épouser, mais encore de prendre sous son aile un infirme tel que lui, il se heurtait à un silence douloureux. On eût dit qu'il n'osait pas lui avouer quelque confession tragique, quelque drame. Sandro devait se l'avouer, ce gentleman, eut égard à son caractère taciturne, était d'une grande amabilité, doux, séduisant. Irrémédiablement, il se sentait attiré par lui.

Près du lit se trouvait un bureau. Sandro promena son regard sur le désordre qui y régnait. Pas de dessin, pas d'esquisse, mais un fatras de textes manuscrits, tous raturés et noircis d'encre. Des lettres. Des dizaines de lettres. Au sol, certaines avaient été froissées, d'autres déchirées. Il en ramassa une.

« Mon cher ami », y lisait-on.

Ce sont toutes des lettres inachevées, comprit Sandro en s'approchant du bureau où ne restait entière qu'une unique feuille.

Piqué de curiosité, il se pencha pour la parcourir. Dès les premiers mots, la surprise figea son souffle. Cette lettre lui était adressée.

Il jeta un regard anxieux à Lorenz pour vérifier si celui-ci dormait toujours, puis revint à la troublante page manuscrite où plusieurs ratures rendaient la lecture difficile.

« Lieber[78] *Sandro,*

Plus d'une fois, vous m'avez conjuré de vous raconter les circonstances qui ont préludé à mon mariage si soudain avec votre sœur. Plus d'une fois, j'ai refusé. Comment vous dire, vous

---

78   « Cher », « aimé ». Le terme *lieber* est systématiquement employé en Autriche pour commencer les correspondances entre intimes.

avouer, l'infini tragique de cette union et combien elle fut bâtie pour moi sur un renoncement. Mettre en mots de tels souvenirs et vous les livrer nus serait un geste cruel. Et je ne peux me résoudre à vous l'infliger. Pourtant, cela me hante à en devenir fou. Je vous dois une confession. La voici. Je la modèle depuis des mois. J'y ai mis mes nuits et mes jours, mon âme et mon cœur. Elle n'attend qu'une chose : que je trouve le courage de vous la dévoiler.

Peut-être la forme vous semblera étrange, maladroite ou inachevée, mais elle est le reflet du peu que je puis me permettre de vous offrir sans trahir une promesse que je me suis faite il y a des mois d'ici. Celle de ne pas troubler votre âme avec les ombres d'un passé qui ne saurait que vous nuire.

C'est peu d'explications. Je le sais bien. Ne m'en veuillez pas.

Je n'ose vous dire combien c'est déjà trop vous livrer que cette œuvre et ces quelques mots, et combien je tremble de soumettre cette confession à votre regard, que j'espère pourtant bienveillant.

Je suis à blâmer, sans doute, de vous montrer ce témoignage si intime de ma faiblesse, mais aujourd'hui il semble que les sentiments me débordent du cœur et que ma solitude si proche, et pourtant si loin de vous, me pèse plus qu'à l'ordinaire.

Pardonnez-moi, cher Sandro, si cet aveu vous apparaît par trop inconvenant. Ce jour où vous avez reconnu dans mes yeux, malgré la froideur que je croyais affecter, cette tendresse que l'amitié seule ne pouvait justifier, ce jour-là, j'ai cru à la possibilité de... Mais, je me fourvoie peut-être, c'est là ma plus grande crainte. Si c'est le cas, dites-moi que je me trompe, et ne craignez pas de me blesser. Car, dans cette terrible aventure qui m'a tant attaché à vous, j'ai fait le vœu d'être votre ange gardien, et en cela soyez assuré que je resterai pour toujours votre fidèle et dévoué :

Lorenz »

À la fin de sa lecture, Sandro resta sidéré pendant plusieurs secondes. Les mots de cette confession résonnaient dans son esprit. Pour chaque rebond de ces paroles sur la route de sa mémoire s'éveillait une impression perdue, un lambeau de souvenir. C'étaient des mots d'amour, mais un amour particulier, délicat et fidèle. Un amour fait de patience et d'emportement que son cœur ardent le sommait de reconnaître. Il les avait entendus, déjà, ces mêmes mots dits avec le même élan. Ils surgissaient du passé, et dans son esprit une voix portait cette passion mieux que tout autre. Cette voix, c'était celle de Lorenz. Il n'osait l'affirmer, mais la lettre pourtant venait de tout lui révéler. Était-il là, ce secret innommable, l'explication de ces mois de tristesse et de dévouement ?

Par instinct, Sandro se tourna vers l'œuvre au centre de la pièce dissimulée sous le drap. C'était elle, forcément, sous ce linceul blanc ; elle l'aveu, elle la dernière clé. Sandro s'en approcha avec une crainte teintée de respect. Délicatement, il tira le tissu. Elle apparut enfin.

C'était une statue, en marbre d'un blanc très pur que le soleil d'hiver rendait presque luminescent. Elle faisait un mètre de haut, peut-être un peu moins, et représentait un jeune musicien dont le buste, la tête et les bras surgissaient de la pierre comme une sorte d'esprit élémentaire se libérant de la matière. Il avait les yeux clos et les lèvres entrouvertes, le visage saisi dans un moment de grâce entre extase et inspiration. Ce qui se devinait de son torse était couvert du très fin tissu d'une chemise subtilement suggérée en bas-relief et dont les manches avaient été figurées roulées, laissant les bras presque nus. Ses mains s'élevaient en un geste mimant le jeu du violoncelliste sans que l'instrument fût apparent.

C'est moi, pensa immédiatement Sandro, époustouflé par la ressemblance des traits et le souffle de vie animant la figure pétrifiée.

Il regarda la statue avec une intense émotion, presque indéfinissable par sa complexité. Un mélange de fascination et de profonde douleur, quelque chose qui finit par porter à ses yeux des larmes de joie. Il y avait un souvenir derrière ce portrait de lui. Comme un somnambule, il s'approcha de l'œuvre. Sans un mot, il tendit la main vers celle de son double de marbre qui tenait l'archet invisible. Il dessina du bout des doigts le creux de la paume, la courbe des phalanges figées, puis suivit lentement un relief qu'il n'avait jusqu'alors pas remarqué.

Il s'agissait d'une autre main, semblant venir couvrir timidement celle du musicien de marbre et appartenant à quelqu'un se tenant derrière lui, mais dont la silhouette et les traits n'étaient pas dégagés de la pierre. Un fantôme, presque, dont seuls la main et l'avant-bras, très soigneusement représentés, dévoilaient la présence[79]. C'était une étreinte pudique, l'amorce d'une caresse, tout en retenue mélancolique. Qui était cette ombre représentée ainsi, chaste et patiente, couvrant de son affection son autre lui-même ? Le geste était d'une délicatesse et d'une sensualité confondantes, et Sandro se prit à rougir en considérant que sa propre main bien vivante était en train de découvrir du bout des doigts les méandres du marbre, d'en chercher les mystères comme l'aurait fait un amant dévoilant sa maîtresse. Le toucher lui servait de vue. Ses mains traversaient le temps, sa peau parcourait les chemins sinueux de sa mémoire. Il retrouvait enfin les raisons de sa tristesse et la source de la solitude qui le hantait. Il communiquait avec un monde visible de lui seul. Son esprit s'emplissait d'images orphelines de sens et d'émotions vives qu'il ne ressentait pas pour la première fois, mais bien de nouveau !

Sandro était hypnotisé. Ses prunelles grandes ouvertes voulaient voir au-delà de ce que ses yeux pouvaient percevoir. Qu'avait donc ce geste, sur une simple statue, pour avoir fait brusquement le vide en lui de tout ce qui n'était pas Lorenz ? Car c'était lui, le centre de tout et la réponse tant espérée. Lui le souffle, lui la vie, lui cette inspiration et cet amour.

Tout avait un sens, à présent : ses espoirs et ses cauchemars, ce qu'il avait deviné dans les labyrinthes de ses sentiments, ses doutes, les cicatrices qui tiraillaient son âme et la voix douce qui à chaque fois apaisait sa douleur. Si le drame de sa blessure lui

---

79 La sculpture de Lorenz et l'esthétique de l'inachevé : 2017, année d'écriture de cette nouvelle, fut l'année Rodin. C'est bien sûr à ses œuvres que j'ai pensé en imaginant celle de Lorenz (et aussi pas mal aux peintures d'Eugène Carrière, un pote de Rodin, d'ailleurs). Maintenant, j'avoue qu'il y a un bon décalage de 20 ans entre cette sculpture par Lorenz et les premières grandes réalisations du *non finito* de Rodin.

revenait à présent dans toute son horreur, c'est la force de son amour pour Lorenz qui brillait le plus intensément. Oui, il était là, cet amour, cette lumière. Ses doigts ne cessaient de parcourir les reliefs non sculptés à la recherche d'un visage que Lorenz n'avait pas osé représenter et dont pourtant Sandro savait les traits par cœur. Il avait aimé ce visage, ce corps, cette belle âme.

— Oh, Lorenz, murmura-t-il avec tendresse au fantôme de marbre. Comment ai-je pu nous oublier... Comment as-tu pu me laisser t'oublier...

Derrière lui, un bruit de sommier. Sandro se retourna. Lorenz avait bougé. Il ne s'était pas réveillé. Le jeune Florentin sourit, saisi par une profonde émotion.

Il vint tout près du lit où sommeillait son si tendre, si loyal et si chevaleresque amour. Celui qui l'adorait au point de museler ses sentiments plutôt que de lui imposer le souvenir cruel d'avoir eu un bourreau pour mère.

— Mais cette révélation ne valait pas un tel sacrifice, jugea Sandro avec regret.

Même endormi, le sculpteur semblait tourmenté par des songes funestes. Son souffle galopait en saccades.

Sandro posa doucement sa paume sur la poitrine de Lorenz. Sa bouche entrouverte laissa échapper un gémissement. C'était la plainte d'un homme qui se savait prisonnier. Depuis des mois, il vivait enfermé dans la cage de solitude de son cœur déserté. Pour le délivrer, il aurait fallu...

— « Vous êtes un prince », m'as-tu dit cette nuit-là, se souvint Sandro.

Un genou sur le lit, il se pencha sur lui.

Puisque je suis un prince, alors, comme dans les contes, je peux te délivrer...

C'est un baiser qu'il déposa sur les lèvres de Lorenz. Un baiser sortilège, un baiser confession, l'aveu ultime qu'une bouche peut faire. Ce baiser, la porte du ciel terrestre, ce baiser qui chantait les délices humaines, qui les promettait toutes, les annonçait et les devançait. Les yeux clos, il priait ainsi, toute son âme tendue vers celle de son aimé qu'il sentait frémir, s'éveiller. L'instant s'étira.

Une main couvrit bientôt la sienne.

Un souffle se mêla bientôt au sien.

Lorenz s'éveilla tout à fait, groggy de sommeil, embrumé de songe, il ouvrit de grands yeux étonnés en voyant son rêve devenir réalité.

Sandro dans ses bras, Sandro se souvenant ! C'était tellement beau qu'il n'osait trop y croire. Une preuve peut-être pourrait bien le convaincre et matérialiser ce magnifique espoir ? Lorenz attira à lui la bouche tant aimée de son prince charmant. Et ce fut un baiser et puis un autre encore, des caresses et des soupirs, des larmes et des sourires, et d'infinis plaisirs que les plus douces des plus douces mélodies prêtent à l'amour véritable.

Ils s'aimaient et étaient réunis, et le soleil tendre couvrait de ses rayons leurs deux corps enlacés.

Allons...
... laissons les amants au bonheur retrouvé,
car il est l'heure, hélas, pour vous de nous quitter.
Voyez, le rideau rouge descendre sur la scène,
elle s'obscurcit déjà, n'en ayez point de peine.
Tous les comédiens, rejoignant les coulisses,
avaient fait de vous leur volontaire complice.
Le drame se rejouera ainsi que la romance.
Les espoirs renaîtront et avec de la chance...
L'amour triomphera-t-il ?
Qui sait ?
Au théâtre, vraiment, tout peut arriver !

Fin

MISE EN SCÈNE ET REMERCIEMENTS

Cette fois, c'est d'un tableau que le roman est parti. L'œuvre a pour titre *Nu masculin dans l'atelier de Bonnat*. Elle date de 1877. Le peintre en est Laurits Tuxen (Lorenz ne s'appelle pas ainsi pour rien), il est danois et on ne sait rien du modèle. Dommage. Oui, dommage que l'Histoire n'ait pas retenu à qui appartenait cette époustouflante paire de fesses. Sur ce tableau, on voit les élèves de l'atelier derrière leur chevalet, tous des hommes. On devine que plusieurs d'entre eux sont fascinés. Devant eux, parfaitement nu, le modèle, un jeune homme, pose avec une telle impertinence et une telle impudeur que... Comment ne pas imaginer un coup de foudre ? Là, parmi ces futurs artistes, il y en a un qui succombe, c'est sûr ! Et voilà, l'ébauche de scénario était là. Deux semaines plus tard, j'allais visiter Florence. Ville de passion, de sensualité ; décor idéal, en somme. Pour le reste ? Du travail, des détails et un défi : faire de ce texte une pseudo-pièce de théâtre. Pour cela, j'ai ingurgité du Rostand jusqu'à l'overdose. Peut-on vraiment faire une overdose de Rostand ? Naaaaan, bien sûr que non !

Mais ce livre n'en serait pas un sans l'aide de :

– Hermine, amie et lectrice, bonne fée et relectrice, réconfort de mes angoisses et moteur de ma motivation vacillante parfois (souvent ?).

– Yooichi Kadono, qui a su saisir d'un pinceau délicat tout le paradoxe du regard de Sandro, tentateur jusqu'au péché, innocent jusqu'à la rédemption.

– Yaya Chang, magicienne et illustratrice, capable de recréer un style ornemental florentin mi-XIXe siècle à partir d'un fatras d'images envoyé par paquet de vingt !

– Jenn, mi-éditrice, mi-détective, qui chasse la tournure ratée, le synonyme hasardeux et l'accord du subjonctif tout en conservant une patience d'ange pour mes lubies stylistiques pas toujours du meilleur goût. Ainsi qu'Alix, jongleuse émérite dans ce chaos paperassier qu'est le monde de l'édition à compte d'auteur.

Et aussi Autheane, qui a aimé ce texte dès ses premiers mots et à qui je pense à chaque fois que je relis la première scène sensuelle du roman (merci pour le fanart !) ; Camille Jedel, consœur et amie qui a trouvé la solution à mon blocage d'écriture (à savoir : partir en vacances avec elle !). Enfin, et surtout, il n'y a pas de roman sans vous, les lectrices et lecteurs qui se lancent sur ce chemin parfois ardu de la romance historique et permettent ainsi que la saga *Fragments d'Éternité* continue. Merci !

PETITE BIBLIOGRAPHIE POUR PROLONGER LA BALADE

Dans la catégorie « écrits érotiques des écrivains romantiques » :

GAUTIER, Théophile. *Lettres à la présidente : voyage en Italie – 1850.* Naples : imprimerie du musée secret du roi de Naples, 1890*, 48p. (ré-édité en 2018 chez Livrets d'art)

MUSSET, Alfred de. *Gamiani ou Deux nuits d'excès.* Paris : éditions La Musardine, 1998, 160p (1ère édition clandestine : ١٨٣٣*).

Dans la catégorie « aventure & dolce vita au XVIIIᵉ et XIXᵉ siècle » :

RIVES CHILDS, J. *Casanova.* Paris : Jean-Jacques Pauvert aux éditions Garnier, ré-édition 1983, 465p. (conseil : mieux vaut commencer par les romans adaptés de sa vie que ses mémoires originales qui sont assez fastidieuses à lire).

BERTRAND, Gilles. *Le Grand Tour revisité – Le voyage des Français en Italie (milieu XVIIIᵉ siècle-début XIXᵉ siècle).* Rome : École française de Rome, 2021, 620p.

HERSANT, Yves. *Italies – Anthologie des voyageurs français aux XVIIIᵉ et XIXᵉ siècles.* Paris : éditions Robert Laffont, 1988, 1108p.

PREVOST, Gabriel. *L'Italie en 1869 : notes de voyage.* Paris : E. Dentu libraire-éditeur, 1869, 39p.*

DUMAS, Alexandre. *Une année à Florence.* Paris : éditions Le Siècle, 1850, 402p.*

Dans la catégorie « l'amour au théâtre, c'est foudroyant ! » :
Lisez, relisez, allez voir au théâtre :
SHAKESPEARE, William. *Roméo et Juliette*
ROSTAND, Edmond. *Cyrano de Bergerac*
DUMAS FILS, Alexandre. *La Dame aux camélias*

Les ouvrages anciens sont consultables en ligne et gratuitement sur le site Gallica (bibliothèque nationale de France).